上意返し

御庭番の二代目12

氷月 葵

時代小説

二見時代小説文庫

目次

上意返し——御庭番の二代目12

江戸城概略図

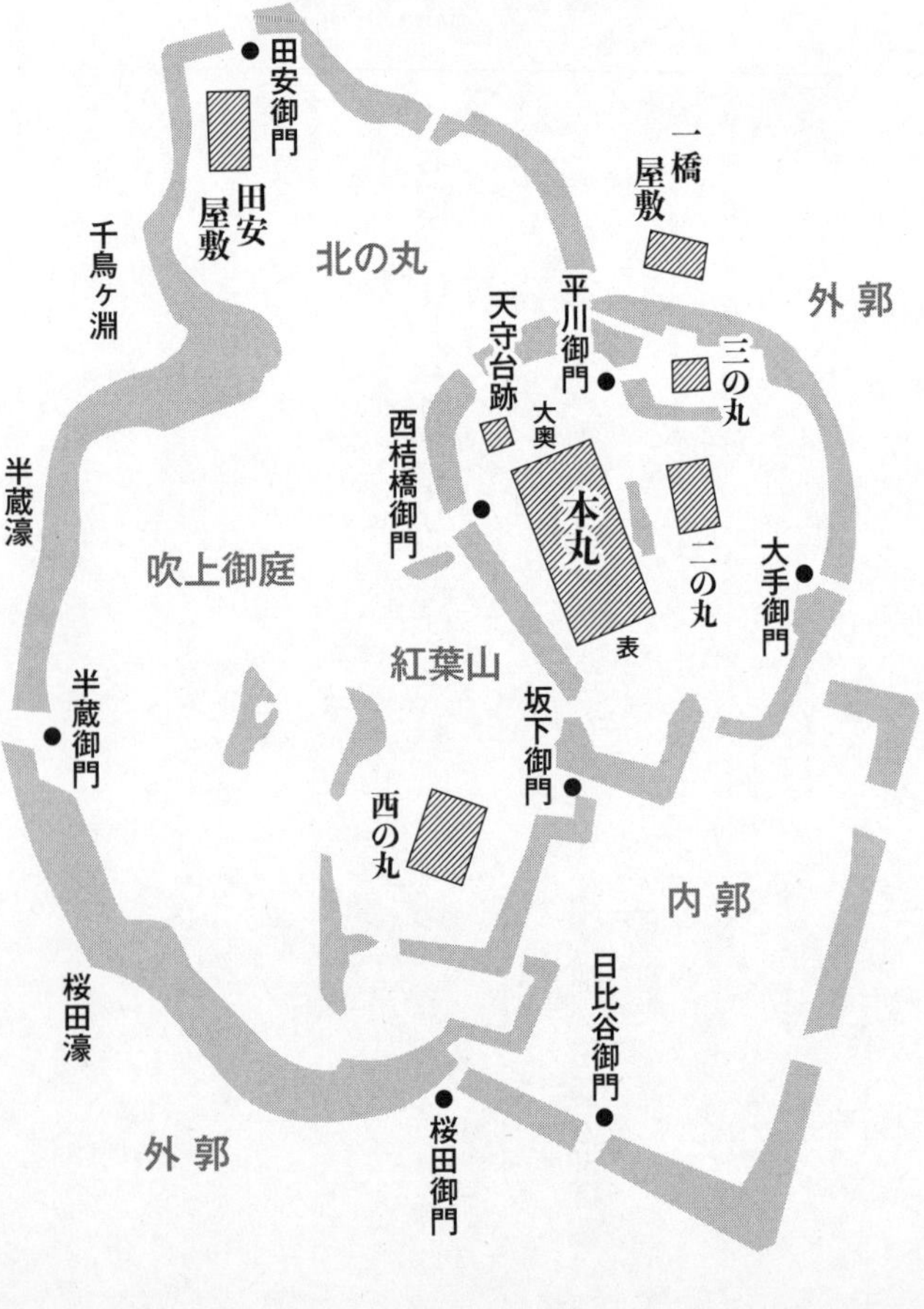

田安御門
田安屋敷
千鳥ヶ淵
北の丸
一橋屋敷
外郭
平川御門
天守台跡
三の丸
大奥
西桔橋御門
半蔵濠
本丸
二の丸
大手御門
吹上御庭
表
紅葉山
坂下御門
半蔵御門
西の丸
内郭
日比谷御門
桜田濠
桜田御門
外郭

第一章　城の奥

一

江戸城本丸前の坂を下りて、宮地加門《みやぢかもん》は、二の丸へ続く道に入った。落ち着かない気分を、歩くことで紛《まぎ》らわせたかった。

二の丸の庭に入り、林の小道を進みながら、加門は木陰から垣間《かいま》見える二の丸御殿に目を向けた。

四月の風を招き入れるためか、障子が少し、開けられている。

加門はその奥で動く人影を見つめた。誰であるかはわからない。

御殿で暮らすのは、去年の宝暦《ほうれき》十年（一七六〇）、将軍を世継ぎの家治《いえはる》に譲り、隠居して大御所《おおごしょ》となった家重《いえしげ》だ。徳川家《とくがわけ》は九代から十代へと受け継がれたことになる。

障子がさらに開いた。廊下に立っているのは、御側衆《おそばしゅう》の一人だ。

家重に仕えていた五人の御側衆は、一人を除いてこの二の丸御殿へと付き従ってきた。除かれた一人は、田沼主殿頭意次《たぬまとのものかみおきつぐ》だ。家重が引き続き御側御用取次《おそばごようとりつぎ》として用いるように家治に命じたため、新将軍に仕え、本丸に残っている。

加門は二の丸の先にそびえ立つ石垣を見上げ、その上の本丸御殿を見つめた。

本丸御殿の奥では、多くの人々が、落ち着かぬまま時を待っているはずだ。

おや、と加門は本丸から続く汐見坂《しおみざか》を見た。

小姓《こしょう》が早足で下りてくる。加門も見知った将軍付の小姓だ。

小姓はその足で二の丸御殿へと入っていった。

生まれたか……。と、加門は庭を走り出た。

家治の正室である五十宮倫子《いそのみやともこ》が、産屋《うぶや》に入ったという話が伝わってきたのは、朝のことだ。家治にとっては、二人目の子だ。

加門は、小姓が下りて来た汐見坂を駆け上る。

男子であれば、家治の嫡男《ちゃくなん》として跡をとり、ゆくゆくは十一代将軍となるはずだ。

隠居した大御所様もそれを聞けば安心するに違いない……。加門は息を切らしながら、湧き立つ思いを嚙《か》みしめた。

本丸御殿中奥《なかおく》の裏口から入ると、その足で御庭番の詰所へと飛び込んだ。

御庭番仲間が数人、立ったまま振り返る。

加門は足を止め、ふっと息を吐いた。

仲間の面持ちで、事態は読めた。

「姫君であったか」

加門の言葉に、皆が頷《うなず》く。

「うむ、今、聞いたところだ。また、姫であられた」

「そうか」

加門は詰所を出て、廊下を歩く。

初めての子として五年前に生まれた姫は、翌年、はかなくなった。家治は側室を持たないため、御台所《みだいどころ》の倫子だけが頼りだ。ゆえに、待ちに待った御子《おこ》だった。

跡継ぎは先延ばしだな……。加門は胸の中で独りごちると、中奥の廊下で立ち止まり、大奥のある方向に顔を向けた。

中奥に詰める人々は、廊下を行き来している。

姫君誕生の知らせは、これから表に伝わり、さらに広まっていくだろう。

加門は、はっと顔を戻した。

廊下の向こうから目顔がこちらを捕らえている。意次だ。

目顔で頷き、口が動いた。「ちかぢか」という音のない言葉が読み取れる。

加門も目顔で頷いた。


十日後。

意次の部屋を訪ね、加門はそっと声をかけた。

「わたしだ」

おう、と中から返事が上がり、すぐに襖《ふすま》が開く。

「来たか、さ、入れ」

招き入れられた部屋で、加門は意次と向かい合う。

「御子のことで、忙しかったであろう」

「うむ、あちこちからの祝いが続いて、息を吐《つ》く暇もなかった。だが、さすがに落ち着いたから大丈夫だ」

そう笑みを浮かべながら、湯飲みに白湯《さゆ》を注ぐ意次に、加門は声を落とした。

「そうか。しかし、ちと残念だったな。誰もが、今度は男子を期待していたであろうからな」

「ああ、上様も口にこそ出さなかったが、その思いであられたのはうすうす感じていた。御台様も、姫と知って、すまなそうなお顔をされたそうだ」

「しかし、そればかりは、人の望みで決められることではないからな」

「ああ、まさしく。だが、最近は大御所様もお身体が弱られているから、男子が生まれれば、お元気になられるやもしれぬ、という期待が上様にはおありだったのだろう」

「む、そうか……しかし」加門は声を高めた。

「御台様も上様もまだお若い、この先、まだ御子がおできになるだろう」

ううむ、と意次がうつむく。

「確かに、御台様はまだ二十四歳のお歳《とし》、だが、お身体があまりご丈夫ではあられないごようすでな、安心はできないのだ」

「そうなのか」

「ああ、それゆえ、いろいろと考えてはいるのだがな……」意次は顔を上げた。

「そなた、次の非番はいつだ。久しぶりに町に出ないか」

「おう、よいな、非番は三日後だ。しかし、城を空けて障《さわ》りはないのか」

加門が眉《まゆ》を寄せると、意次は笑みを浮かべて首を振った。

「ああ、大丈夫だ。上様は政《まつりごと》は老中方《ろうじゅう》にまかせておられるからな。将軍に就《つ》かれたときに、老中の松平武元《まつだいらたけちか》様に、これからはすべてそなたにまかせるゆえ頼む、と仰《おお》せになったくらいだ。それゆえ、松平様は率先して御政道に当たっておられるし、ほかの老中方もそれを尊重しておられる。そうなれば、上様にお伺《うかが》いを立てることも少なくなり、わたしの御用取次の仕事も減る、というわけだ」

「ふうむ、そうなのか」

「ああ、だから、わたしが不在でも障りなどないのだ。よし、三日後だな、そなた、屋敷に迎えに来てくれるか」

「うむ、わかった、では朝、行こう」

加門は膝を叩いて頷いた。

二

意次の屋敷を出て、二人はにぎわう町を歩き出した。

「乾物屋か、ならば大きな店があるぞ」加門は道の先を指さす。

「しかし、なにか買うのか」

「いや、値を知りたいのだ。あわびやなまこなどは、清《しん》が多く買うというから、もっと売る量を増やせないかと思ってな。我が国は買い入れのほうが多く、金銀が出て行くばかりだからな」

「なるほど……」

話しをしながら歩くと、ほどなく乾物屋に着いた。

意次は早速《さっそく》、並べられた乾物を見て歩き、出て来た番頭と言葉を交わす。

加門はそばで聞きながら、熱心な意次の横顔を眺めた。と、背後から、響きのよい声が上がった。

「やや、これは、宮地加門様じゃあありませんか」

驚いて振り向いた目に映ったのは、以前、医学所で会った男だった。

「ああ、平賀源内《ひらがげんない》殿でしたか」

加門が笑みを浮かべると、源内もにこやかに近寄って来る。

「さては、加門様も薬材探しですかな、乾物屋には思わぬ物がありますからな。わたしは以前、あるお店《たな》で白きくらげをみつけましたよ、あれはなかなか使いやすく、いいものです」

意次と番頭が、振り返った。

「知り合いか」

意次の言葉に、加門は頷き、

「本草学者《ほんぞうがくしゃ》の平賀源内殿だ。長崎《ながさき》におられたこともあって、博識でな」

「ほう、どちらの御家中ですかな」

穏やかに笑む意次に、

「いえ、以前は讃岐《さぬき》の高松藩《たかまつはん》に仕えていたのですが、今はいわば浪人の身。本草学などの修業中です。加門様の御同僚ですかな、以後、よろしくお見知りおきを」

源内がぺこりとお辞儀をする。

加門は「ああ、いや」と言葉を濁《にご》し、意次を横目で見た。将軍の御側御用取次という身分を明かすにはためらいがある。意次は、それを察したかのように、

「わたしは加門の幼なじみで、田沼と申す。そうですか、高松の出ですか。讃岐はよいところと聞いています」

「はい、瀬戸内《せとうち》の海がございますからね。なれど学問をやるならやはり江戸ですな。本はたくさんあるし、学者も多い……」

源内が流れるように言葉をつむぐのを、意次は微笑《ほほえ》んで聞く。

「おっと、いけない」源内ははっと面持ちを変えて、その言葉を止めた。

「行く所がありまして、ここは途中なので寄ったのです。これにて失礼せねば……番頭さん、また寄りますからね」

　源内は皆の顔を見て、お辞儀をすると、くるりと踵《きびす》を返した。

　見送った意次は、はは、と笑う。

「面白いお人だ」

「うむ」

「さて、わたしらも行くか。番頭さん、邪魔をしました」

「いえ、またのお越しを」

　再び道を歩き出すと、意次はさまざまの店先を覗いて行く。値を確かめ、仕入れ先などを聞いたりもしている。

　加門はそれを見守りながら、付いて歩いた。

　辻《つじ》の手前で、その足が止まった。怒声が聞こえてくる。

　辻へと走って道を覗くと、向かい合う男らがいた。

「おんしら、わざとぶつかって来たんじゃろうがっ」

　一人の浪人が、二人連れの武士に向かって目を吊り上げている。

「わざとはそちらだろう」

武士の一人が進み出た。

「あっ」と声を上げた加門を、追いついた意次が覗き込む。

「なんだ、知った者か」

「ああ、西の丸に詰めている伊賀者《いがもの》だ」

加門はそちらに駆け出した。

浪人は刀に手をかけた。

「幕臣じゃろう、だから威張《いば》るのか」

「威張ってなどいない、理非《りひ》を通そうとしているのだ」

もう一人も前に出る。

「ふん、やはり役人か、曲がった公儀の者に理非などあるか」

浪人が刀を抜く。

「くっ」と、伊賀者の一人も刀を抜いた。止めようと手を伸ばす連れに、

「相手が先に抜いたのだ、かまわん」

と、刀を構える。

「おう、ならば、先に斬ってやろうかい」

浪人が、頭上に白刃《はくじん》を振り上げた。

まわりに集まっていた者らが、ざわめいて引く。

「よせっ」

加門は鞘《さや》ごと長刀を抜いて、走り込んだ。

振り下ろされた白刃を、その鞘で払う。

「あっ、宮地様」

伊賀者が目を見開く。加門は手で下がるように指示して、目顔で頷いた。

「上田殿《うえだ》であったな、刀を納められよ」

「なんじゃ、おんしも仲間か」

浪人が構え直して、加門と向き合う。

加門はまっすぐに相手の顔を見据えた。

ぎらり、と浪人の目が光り、その刃が宙を切った。

加門は鞘を捨て、刃でそれを受ける。

刃を重ねたまま、じりり、と加門は足を踏み出した。

浪人の身体が、うしろに飛ぶ。と、同時に刃が右にまわされた。

加門がそれを刃で弾く。

浪人は身体をずらし、構えを直した。唇を噛み、じわり、と足の向きを変えた。と、再び、刀を振り上げた。地面を蹴って、飛び込んでくる。

加門は半歩、踏み出し、その腕を斬り上げた。

浪人の手から、刀の柄《つか》が浮く。落ちそうになった刀を両手で支え、ギッとこちらを睨《にら》んだ。腕から、血が落ちる。

加門は顎をしゃくった。

「行け、これ以上は斬りたくない」

ぐっと、息を飲み込んで、浪人は背を向けた。

刀を納めながら、走って行く。集まっていた人々も、それを見送って散って行った。

「宮地様」

上田が加門の捨てた鞘を両手に掲げ、横に走り込んだ。

「すみません、助かりました」

もう一人も並んで、腰を曲げる。

「ありがとうございました」

「大事ないか」

そこにやって来た意次が、二人を見る。

はい、と口を開きかけた上田が、「ああっ」と声音《こわね》を変えた。

「これは、主殿頭様」

あとずさって腰をさらに折る。

「ああ、礼はよいのだ」意次は口に指を当てた。

「それよりも、けがはないか」

「はい」

伊賀者二人は大きく頷く。

「なれば」加門も小声で言った。

「もう、戻られよ、あの浪人にまた会わぬようにな」

はい、と再び頭を下げると、伊賀者は三歩、うしろに引いてから、背を向けた。

見送りながら、意次がささやく。

「あの浪人、訛《なま》りからすると西から来た者だな」

「うむ、言い分からすると、御公儀に不満を持つ輩《やから》だろう」

「竹内式部《たけのうちしきぶ》の一派かもしれんな」

意次の眉が寄る。が、それを弛《ゆる》めると、加門の背を叩いた。

「木挽町《こびきちょう》の屋敷へ行こう」

木挽町には田沼家の下屋敷がある。

今は、弟の田沼意誠《おきのぶ》が主《あるじ》となっているが、しばしば意次も足を運び、加門も訪れていた。

「ごゆるりと」

意誠の妻が出仕している夫に代わって挨拶をし、茶と菓子を置いて下がっていった。

しんとした居間で茶を飲みながら、加門は改めて意次を見た。竹内式部の名を聞いたのは久しぶりだった。御公儀はまだ忘れてはいないのだな……。

「竹内式部はどこにいるのか、つかんでいるのか」

京《きょう》で自説を声高《こわだか》に説《と》いていた竹内式部は、罪に問われて追放になっていた。その説は、徳川家を追放し、朝廷《ちょうてい》に御政道を返すべきである、という内容であった。公家《くげ》によってそれが支持され、天皇までをもその気にさせ、竹内式部の名は広く江戸にも伝わって来た。が、公儀がそれを放置するわけにはいかない。謀反《むほん》の罪に問われ、京を追われたのが、宝暦九年のことだった。

「うむ、伊勢《いせ》にいるらしい」意次が西を見る。

「だが、教えに傾倒した者らが江戸に入り込んでいるという話があり、今、調べているところだ」

「そうなのか、なるほど、先ほどの浪人は確かにその匂いがするな」

「うむ」意次はふっと息を吐いた。

「徳川の地盤を揺るがすわけにはいかない。それゆえに上様にはぜひ、御嫡男を儲《もう》けていただきたいのだ」

「そうだな。そうしないと、田安家《たやすけ》と一橋家《ひとつばしけ》が、将軍の座を望んで競い合うことになるだろうな。いや、しかし、清水家《しみずけ》がある。重好《しげよし》様に世継ぎができれば、他家よりも有利になろう」

田安家の主は吉宗《よしむね》の次男宗武《むねたけ》であり、一橋家の主は三男の宗尹《むねただ》だ。そして、清水家の主重好は家重の次男であり、将軍家治の弟だ。吉宗は将軍に跡継ぎが生まれなかったときのために、この三家を立て、御三卿《ごさんきょう》としたのである。

いずれかの家から将軍を出せば、吉宗の血筋が続くことになる。

「いや」意次は小さく首を振った。

「重好様はお身体が弱い。御嫡男を儲けられるかどうか、心許《こころもと》ない気がするのだ。となれば、なんとしても上様にお世継ぎがほしい。田安家や一橋家に将軍の座を継がれるのは、大御所様のご意向に反するであろうしな」

大御所の家重は、二人の弟宗武と宗尹とは犬猿の仲だ。兄を廃して将軍の座を手に入れようとした宗武は、家重と敵対し、貶《おとし》めてきた。

加門はその長い経緯を思い起こしながら、頷く。

「ふうむ、確かに、大御所様は断じて田安家にも一橋家にも、後継の座を渡したくはないであろうな。それに、そうなれば両家で将軍の座を巡って争いが起きるかもしれん。だが、上様にお世継ぎが生まれれば、盤石《ばんじゃく》となる、と」

「ああ、御公儀を揺るがそうとする者らがいる今、徳川家の内で隙を作るわけにはいかない。ゆえに……」意次は力を込めた。

「御側室《そくしつ》をお持ちいただこうと思うているのだ」

「御側室、か」

「ああ、上様は御台様と睦《むつ》まじい。それに、上様はそれほど女《おなご》に関心をお持ちでない。だが、この先を考えれば、それが一番よいと思えるのだ」

「ふうむ、それはもっともなこと」

加門は腕を組んだ。

「とりあえず」意次は茶碗を手に取った。

「大奥《おおおく》に諮《はか》ってみるつもりだ」

「む、そうか。うまく運ぶといいな」

加門も茶を取った。ぬるくはなったものの、香りがよく、甘みもある。

「場合によっては……」意次が加門を見る。

「そなたに頼み事をするかもしれん」

おう、と加門は相好《そうごう》を崩《くず》した。

「なんでも言ってくれ」

茶碗を置いた手で、胸を叩いた。

三

江戸城中奥。

御庭番の詰所で、加門は仲間の西村庄右衛門《にしむらしょうえもん》を片隅に呼んだ。西村は宝暦七年から八年にかけて、遠国御用《おんごくごよう》として江戸を離れていた。御用の内容は口外しないため、当時は知らなかったが、のちに京での探索であったとわかった。竹内式部の一件だ。

一件は九年に解決し、時が過ぎているため、もはや秘密ではない。

加門はそれでも声を抑えて、西村に問うた。

「竹内式部というのは、どういう男だったのだ。ずいぶんと激しいことを言っていたようだが」

「ふむ、そうさな」西村は思い出すように顔を上に向けた。

「実際に話を聞いたが、天子様を崇拝《すうはい》していてな、天照大御神《あまてらすおおみかみ》様の子孫であられるから、人の種とは違うのだ、というのが持論であった。ゆえに、将軍などに天下を取らせずに、天子様こそが国を治めるべき、ということだ」

「なるほど、朝廷に仕える公家にとっては、誇らしい話だな」

「うむ。それにな、そもそも公家のあいだに、不満も募《つの》っていたのだ。朝廷で力を持つのは五摂家《ごせっけ》だから、それ以外の公家には大した権限はない。そのあたり、長くくすぶるものがあったのだろう」

五摂家は一条家《いちじょうけ》、二条家《にじょうけ》、九条家《くじょうけ》、近衛家《このえけ》、鷹司家《たかつかさけ》からなる。藤原氏《ふじわらし》の流れを汲《く》む公家で、代々、天皇の側近を務め、朝廷を牛耳《ぎゅうじ》ってきた人々だ。

「それにな」西村は声を落とす。

「ちょうどあの頃、五摂家のうち、一条家以外の四家は、継いだ当主が若かったのだ。で、頼りない当主よりも、我らのほうが政にふさわしい、とまわりの公家らは考えたのだろう。もし、天皇家が御政道を執ることになれば、これまで無役だった公家にも当然、役目が与えられることになる。で、意気が上がったのだ」

「なるほど」加門は頷いた。

「五摂家以外の公家には仕事もなく、困窮《こんきゅう》しているという話は聞いたことがある。天子様が国を治めることになれば、公家らが役人になる、というわけか」

「うむ。ゆえに、竹内式部の話は、公家らにとっては都合がよかったのだ。そして、その説を側近の公卿《くぎょう》から聞かされた桃園天皇《ももぞのてんのう》も、その説に魅了《みりょう》され、もっとくわしく、と話をいくども聞かれたそうだ」

「桃園天皇は確かまだお若かったな」

「ああ、今年で二十一歳になられた。公家衆もそうだが、若いほど竹内式部の説に意気が上がるはずだ。天皇ご自身が心惹《ひ》かれたのも無理もない」

なるほど、と加門は腕を組んだ。己《おのれ》の二十歳過ぎの頃を思い出す。それほど世の仕組みもわからず、人の心も深くまではわかっていなかった。

「だが……」加門は首を少しひねる。

「すべての公家が竹内式部の説をもてはやしたわけではないのだろう」

「ああ、冷静なお人らもいた。なにしろ、竹内式部は御公儀に対して不遜《ふそん》な言葉をつぎつぎに吐いていたからな。徳川家重を将軍の座から降ろし、日光《にっこう》へ追放せよ、とまで言っていたほどだ」

「なんと、そんなことを」

加門が驚きを顕《あら》わにすると、西村は顔を歪《ゆが》めて頷いた。

「うむ。そのような言葉が御公儀に伝われば、いかなるお咎《とが》めを受けるかわからん、と恐れおののいたのであろう。公家のなかからも、竹内式部は見過ごしにできぬ、と京都所司代《きょうとしょしだい》に訴え出る者もあったのだ」

「それは無理もない、お咎めが公家全体に及ぶこともあり得るからな」

「そう思うたのだろう。一条家の当主も歳を重ね、御公儀と朝廷の立場がわかっていたゆえ、公家らの動きを抑えようとしていた。徳川を怒らせ、朝廷まで脅《おびや》かす事態になってはいかんと判断したのであろう。竹内式部を京都所司代に引き渡すことにも、力を貸したはずだ」

「ふうむ、で、竹内式部はどういう態度だったのだ」

「それがな、尋問を受けても御公儀への批判はやめずに、危うい天下である、と堂々と言ってのけたそうだ」

西村は歪めた顔を振る。

加門はかつて聞いた、この一件に下された御沙汰《ごさた》を思い起こしていた。

「確か、公卿らも罰を受けて追放になったのだったな」

「ああ、そうだ、天皇の近習《きんじゅう》七人が追放された。ほかにも多くの公家が、罷免《ひめん》や永蟄居《えいちっきょ》、謹慎《きんしん》などの処分を受けている。竹内式部は重追放《じゅうついほう》だ」

「ふうむ、だが、身分の軽い者らもいたのだろう。そうした者らはどうなったのだ」

「話を聞きに集まった者は大勢いたが、それだけで罪に問うことはできないし、ほとんどは、竹内式部や公家衆が罰を受けたと聞いて、散っていったはずだ。熱心な弟子で藤井直明《ふじいなおあき》という男がいて、これは捕まえようとしたらしいのだが、逃げられたということだ」

「ほう、逃げた者らは行方知《ゆきかたし》れず、ということか。江戸に来た者もいるかもしれんな」

「ああ、そうかもしれぬ。竹内式部は越後《えちご》の出だし、話を聞きに来ていた者らもあちこちの国の出であったからな、散ってしまえば、あとは追えん。まあしかし、多くの公卿が罰せられ、京は大騒ぎとなったのだ。二度とは起きまい」

「ふうむ」

加門は町で会った浪人を思い出していた。

なれば、よいが……。西の国訛りが耳に甦《よみがえ》った。

ちょうどその頃。

中奥の別の部屋で、田沼主殿頭意次が端座《たんざ》していた。

向かい合っているのは、大奥の御年寄《おとしより》である松島《まつしま》だ。

意次の話を聞き終わり、松島はふむ、と口を開いた。

「側室を置く、というのはわらわも考えたことがある。長い徳川の御代《みよ》で、側室のおらぬ大奥は聞いたことがないゆえな」

御年寄は大奥を統《す》べる役割だ。表の老中に匹敵《ひってき》し、その権威は大きい。

「では、ご賛同くださるか」

意次の言葉に、松島は頷く。

「よいと思いますぞ。お世継ぎをお育てするのが大奥の大事な務め。まず男子が生まれなければ、その大事を果たすことができぬ。御台様はまだお若いが、この七年でお産み遊ばされのは姫君お二人のみ。この先のことを考えれば、側室を置くのが賢明でありましょう。なれど、主殿頭殿、上様にはお話しなされたのか」

「いえ、まだです。大奥のことゆえ、まずは松島様のご意向を、と思いまして、こうして相談に上がった次第でして」

意次の言葉に、松島は顔を弛《ゆる》める。

「うむ、では、わらわから上様に少しだけ、お耳に入れておきましょうぞ。いずれ正式に、主殿頭殿からお話しになるがよい」

「ええ、そうします。して、松島様、わたしは二人、御側室をと考えているのですが、いかがでしょう」

　ふむ、と松島は考え込む。

「一人では心許《こころもと》ない。二人はいたほうがよいと、わらわも思う。幼子《おさなご》はなにが起きるかわかりませんからな。なれど……この話、高岳《たかおか》様にも通されたほうがよい」

「はい」

　意次は頷く。

　高岳は上臈御年寄《じょうろうおとしより》だ。大奥に仕える者のなかでは最高位となる。宮家や公家から嫁《とつ》いでくる御台所に、京から付き従ってくる公家の娘が就く役だ。御台所の話し相手をするのが役目であり、それ以外の仕事はしない。が、この高岳は違った。

　高岳は大奥の差配にも口を出し、あれこれと関わってくる。ときには御年寄を差し置いて、意見を言う。大奥を統《す》べる松島も、官位が上の高岳には逆らえない。このことは、意次にもわかっていた。

「では、日を改めて高岳様にもお伺いを立ててみましょう」

意次はほっと肩の力を抜いた。

高岳と松島、どちらを先にするか、実は先日まで迷っていた。高岳を優先すれば、松島の機嫌を損なうのは明らかだ。が、高岳のほうは言葉で御《ぎょ》することができる、と判断して意次はこの運びにしていた。

「ところで松島様、側室とするに、誰かよい娘はおりますかな」

意次の問いかけに、松島はすぐに頷いた。

「ある。前から、もし側室を選ぶとしたら、この娘がよい、と思うていた者がいるのだ。御次《おつぎ》なのだが、丈夫で皆が風邪《かぜ》を引いても、寝込んだことがない。素直で気立てがよく、利発で飲み込みも早い。顔もそれなりに美しいゆえ、上様もお気に召すであろう」

「ほう、なんという名です」

「津田知保《つだちほ》という名だ」松島は背筋を伸ばした。

「わらわはこの娘を推《お》す。もう一人は、高岳様に決めていただくのがよかろう。それで筋が通せるというもの」

「なるほど、そうですね」

意次は聞いた娘の名を口の中で繰り返す。

「津田家というのはどのような家なのでしょう」

「それは、よくわからぬ。だが、弟が上様の小姓組組頭《こしょうぐみくみがしら》をしているという話をきいたことがある。それこそ、主殿頭殿、実家については調べてもらえますまいか。主殿頭殿ならば、人を動かすこともできましょうぞ」

「ふむ、そうですね、決める前に、身辺は改めておかねばなりませんな。では、さっそく手を打ちましょう」

意次の脳裏《のうり》に、加門の顔が浮かんでいた。

四

本所《ほんじょ》の町を歩きながら、加門は頭の中で切り絵図を思い浮かべていた。次の辻を曲がって、さらに右に折れ、角から五軒目が津田家のはずだ……。加門は切り絵図とともに、意次の言葉を思い出していた。

〈娘の名は知保、弟は津田信之《のぶゆき》といって、小姓組組頭をしているのだ。評判がよいし、わたしも見知ってはいたが、人柄もよさそうであった。父は津田信成《のぶしげ》というてすでに家督《かとく》を譲って隠居している。津田家は旗本なのだが、蔵米三百俵だから高い家格ではない。まあ、それはよいとして、津田家の内が知りたいのだ。調べたところ、科《とが》を負うた者はいないのだが、この先、そのようなことがあってはまずい。家内が平穏か、確かめてほしいのだ〉

確かにな、と加門は胸中で頷く。側室となったあとに、実家に不届《ふとど》きが起きれば、上様にまで災いが及びかねない。それに、権威に乗じて増長《ぞうちょう》するようでも困る。そのような者がいないか、調べておくことは肝要《かんよう》だ……。

加門は辻で立ち止まった。己の姿を見下ろす。

今日は町人姿だ。はしょった着物から出ている脚は、日に焼けておらずに白いのが気になって脚絆《きゃはん》を巻いた。が、それ以外は結い馴れた町人髷《ちょうにんまげ》も板に付いている。加門は手に提げていた籠《かご》を持ち直し、中を確かめた。入っているのはゆで卵だ。卵売りは籠一つでできるため、姿を変えるには都合がいい。

辻を曲がり、その先を右に折れる。

中小の武家屋敷が並ぶ地だ。

一軒、二軒、と数えながら、加門は進む。五軒目の前で、加門は足を緩《ゆる》めた。決して立派とは言えないが、旗本屋敷の門構えはできている。塀越しに眺めると、梅の木の枝が見てとれた。手入れがされているのがわかる。

ゆっくりとその前を過ぎ、角を曲がって裏の道にまわった。それぞれの塀に、屋敷の小さな裏の戸口がついている。

「たまごぉ、たまご」

卵売り特有のかけ声を上げながら、ゆっくりと津田家に近づいて行く。裏口から入るつもりでいた。

おや、と加門は目先の戸口に目を留めた。開いた戸から出て来たのは、出商《であきな》いの男らしい。風呂敷包みを背負って、腰には大きな煙管《きせる》を下げている。

煙草屋《たばこや》だな……。加門はその背後に近づいて行った。

煙草屋は得意先をまわるのが常だ。もしかしたら、次は……。

煙草屋は津田家の裏口に近づいて行く。

加門は走った。

「もし、煙草屋さん」

前にまわり込むと、煙草屋は「はいな」と立ち止まった。

「なんですかい、あ、煙草ですか」

「いや、そうじゃないんで。あたしは卵売りなんですが、煙草屋さん、これからこのお屋敷を訪ねなさるんで」

「はい、さいですよ。こちらのお屋敷はもう十七年通ってるお得意様ですからね」

「へえ、十七年とは長い、煙草屋さんは信用があるんですね」

感心する加門に、煙草屋は笑顔になった。

「そらね、あたしは正直な商いしかしませんからね、煙草の葉ってのは年によっちゃあ出来が悪いときもあるんだが、そういうときには値を下げるんだ。商いは信用が大事だからね」

「なるほど、いいことを教わった。あたしもそうします。ところで煙草屋さん、あたしもいっしょに入れてもらうわけにはいきませんかね。いい卵なんで、見てもらえれば買ってくれると思うんですよ。かけ声だけだと、わかってもらえないんで」

加門が籠を持ち上げると、煙草屋は中を覗き込んだ。

「へえ、大きいな。おう、いいとも、そんなならついておいでなさい」

煙草屋は裏の戸を開けると、声を放った。

「こんちはぁ、煙草屋伊平《いへい》が参りました」

裏庭を通って、勝手口へと進んで行く。

「おう、こらぁ伊平さん」

勝手口の戸が開き、中間《ちゅうげん》が姿を現す。加門に目を留めた中間に、伊平は、

「こっちのお人は卵売りでして、ちょいと見てやっておくんなさいまし。でかい卵を持ってますんで」

「ほう、そうかい、ならどうぞ」

「へい、お邪魔を」

加門は伊平について台所に入った。

伊平は板間に座ると、

「いつもと同じ二十匁《もんめ》でようござんすね」

と、刻み煙草の入った角包《かくづつみ》を出す。中間とは陽気の話などをして、和《なご》やかだ。

加門はそっと目を配った。

きれいにかたづけられた台所の隅で、女中らしい娘が豆のさやをとっている。着物はこぎれいで、娘は小さく鼻歌を歌ってる。

待遇はよさそうだな……。加門は中間の朗《ほが》らかな面持ちにも目を向けた。

目が合った中間は、「そうか、卵か」と腰を浮かせる。

「今、お小夜《さよ》様が風邪で伏せっておられるから召し上がるかもしれないな。ちょいと待っててくれ、聞いてくるから」

中間は奥へと姿を消した。

「お小夜様というのは、娘さんですかい」

加門は問うと、伊平は首を振って小声になった。

「いんや、お妾《めかけ》さんというやつだわ」

「お妾」加門は思わず声を洩らし、あわてて口を押さえて小声になった。

「するってえと、なんですかい、お妾さんもいっしょに暮らしてるってえことですかい。女中に手をつけたとか、なんとか……」

ああ、と伊平は苦笑する。

「ここの奥様はずっと前に亡くなってるんだよ。それに、女中なんかじゃないやね、お小夜様は千賀《せんが》家の出さ。知らないかい、千賀道隆《どうりゅう》って医者がいるだろう、あのお血筋だから立派なもんさね」

加門はまた声を洩らしそうなった。今度は心底、驚きがあった。

「ああ、名前は知ってますよ、千賀道隆っていやぁ、腕がいいってえんで、御武家のお抱え医者になってるお人でしょ」

「おう、そうさ。どういう縁だかは知らねえが、ここのご当主に大事にされているのさ。あたしも話しをしたことがあるけど、いいお方だよ。御子らもそうだけど、利発そうな目をしていなさるね」

「へえ、そうなんですかい」

加門は頷きながら、耳を澄ませた。子供の騒ぐ声などは聞こえてこない。が、さらに耳を澄ませると、少年の声が伝わってきた。論語《ろんご》を読む声だ。

その耳に、足音が飛び込んで来た。中間が戻って来たのだ。

「卵を買ってくださるよ。御子らにも食べさせたいからと、七つ……あるかね」

「へい」加門は籠に手を入れる。

「一つ、二つ、三つ……」

中間の出した盆に並べていく。卵は八つあった。

中間が金を取りに奥に行くと、加門は残った一個を煙草屋に差し出した。

「お礼です」

「おや、そうかい、うれしいね」

煙草屋は白い卵を目の前に掲げた。


江戸城中奥。

田沼主殿頭意次は、大奥の上臈御年寄高岳と対峙《たいじ》していた。

「話はわかりましたえ」高岳は公家らしいゆったりとした声を返す。

「せやけど、側室を置くゆうたら、宮さんがお気を悪うしはりますやろうなぁ」

公家の女のなかには、江戸に来ても京言葉や言いまわしを変えようとしない者が珍しくない。高岳もその一人だが、時によって江戸言葉と使い分ける面もあった。

意次は神妙に頷く。

「はい、ですから、ここは高岳様に話しをさせていただくのが大事と思うたのです。本来であれば上臈御年寄であられる高岳様に、かような相談事をいたすのは失礼かと思うたのですが、御台様のお心に寄り添うておられるのは高岳様のみ。御台様のお許しをいただく前に、高岳様に話を通すのが筋かと考えた次第です」

「ま」と高岳の目元が弛んだ。

「そうやな、わたくしから申し上げれば、宮さんもお心乱されずに聞いてくれはりますやろ。へえ、それはよろしおす。せやけど、側室となると、へたな女《おなご》を置くわけにはいかしませんやろなぁ」

見下ろすような目になった高岳に、意次は目顔で微笑んだ。

「はい、ですから、それも高岳様にお願いしたく考えております。一人は松島様に選んでいただこうと思っておるのですが」

すでに頼み、娘が選ばれたことは秘密だ。

「松島か」高岳が微かに眉を寄せる。

「まあ、あれも勤めが長いゆえ、蔑《ないがし》ろにはでけしまへんやろうな」

「はい」意次は面持ちを変えぬよう、顔に力を込めた。

「ですが、いま一人は、ぜひ、高岳様にお選びいただきたいと考えております。いかがでしょうかな」

　穏やかに微笑む意次に、高岳はゆっくりと首を振った。

「ほな、考えてみまひょ。京から連れてきた女は、誰も由緒《ゆいしょ》ある公家の娘やさかい、選ぶには困らしまへん。けど、子を産むとなれば、女にとっては一大事。いくらお相手が上さんいうたかて、いややと言われたら無理強《むりじ》いはようでけしまへんよってに」

「そうはそうですな」

　意次は平静を保って頷く。

　しかし、と腹の底では考えを巡らせた。公家の家は貧しく、娘が大奥に入ることを反対する親は少ないと聞いたことがある。奥女中に下される給金は、家を大いに助けることになるからだ。さらに、側室となれば御中﨟《おちゅうろう》の地位が与えられ、給金は格段に上がる。男子を産めば、大奥での地位は揺るぎないものにもなる。命じられ、否む娘はおそらくいないだろう……。

意次は背筋を伸ばした。

「側室選びは高岳様にお任せいたしますゆえ、よろしくお願いいたします」

礼をする意次に、高岳は口元だけで微笑み、頷いた。

五

加門は屋敷の廊下から、庭へと降りた。そこに佇《たたず》む父の背中へと近づいて行く。

御庭番の御用屋敷は、城間近の外桜田《そとさくらだ》にある。広い鍋島藩《なべしまはん》の囲い内に屋敷を作らせたのは、御庭番を紀州《きしゅう》から連れて来た八代将軍の吉宗だった。秘密を保つために外との関わりを持たせぬよう、ここに御庭番十七家の屋敷を集めたのである。同じ囲い内には、同じく秘密を漏らしてはならない大奥の女中のための屋敷がある。病を得た奥女中や大奥から下がった女が、過ごすための屋敷だ。

加門は父友右衛門《ともえもん》の横に並んだ。

父の目は、門から出て行く荷車を見つめている。

「川村《かわむら》家が家移《やうつ》りするのですね」

「うむ、つぎつぎに出て行ってしまうな」

御家人であった御庭番が旗本に取り立てられるようになり、より高い役目を授けられる家も増えてきた。そのため、外の旗本屋敷に移って行くのだ。が、その家の次男や三男、あるいは弟などが別家を立て、御庭番を受け継いでいる。

「父上も移りたいですか」

宮地家も旗本となっているが、御庭番の役は変わらずに続けている。

「いや、家移りは面倒だ」

「ですが、もっとよい屋敷に住めますよ」

御家人の屋敷は簡素な冠木門《かぶきもん》しか作ることが許されないし、立派な玄関を構えることもできず、戸口だけだ。が、旗本屋敷であれば、屋根を乗せた門を構えられるし、間口も土間も広い玄関を作ることができる。

父はふっと、笑いを漏らした。

「そうだな、それゆえに、皆、移ってゆくのだろう。だが、わたしは住み慣れたこの屋敷がよい。七十年も生きるとな、小さなことはどうでもよくなってくるのだ。門や玄関など、あろうがなかろうが、日々の暮らしは変わらん」

「そうですね」

加門は微笑む。

「それに」父は息子を見た。

「そなたは御庭番を続けたいのであろう」

「あ、はい」

頷く息子に父も頷き返す。

「意次殿が上様の御側に仕えている限り、そなたは頼りにされるであろうしな」

加門は目を伏せた。

「すみません、わたしの勝手だとわかってはいるのですが」

「ああ、よいよい。上から与えられた役目をこなすよりも、自ら選んだ仕事をするほうが、人にとっては意義のあることだ。お城でいろいろなお役人を見てきたが、いやいや働いているお人は、顔がどことなく曲がっているからすぐにわかった。仕事はやりがいのあることが一番だ」

「ええ」

加門が笑顔になると、父も笑いを見せた。

「それにな、最近は腰が重くなって、立つのも座るのもひと仕事だ。よっこらせと、知らぬうちに声が出ている。そんな身で家移りなどしたくないわ」

ははは、と笑い、声を落とした。

「第一、うちの奥方もそうだ。膝が痛いだの、肩が痛いだの、しょっちゅう申している。あれで家移りなどしたら、あっちこっち痛くなって大騒ぎだぞ」

「そうでしたか、では、膏薬《こうやく》を作りましょうか」

「いやいや」父は手と首を振る。

「要するにな、歳だ、歳。我らはもうとうにお迎えが来てもおかしくない歳なのだ。枯《か》れつつあるのをとめることはできん」

「まあ」

背後から声が上がった。

いつの間にか母の光代《みつよ》が立っていた。

「聞こえてましたよ、枯れるとはなんです。旦那様はまだしも、わたくしはまだ枯れてなどおりません」

胸を張った光代が、口を尖《とが》らせる。

「おっと」父は背中を丸めた。

「いや、そうだったな、枯れてきたのはわたしのみ。そなたはまだ若い」

「まあ、なんでしょう、その言い方は。実《じつ》がこもっていませんこと」

「いやいや、母上、そのへんで」

加門は笑いながら、二人の顔を見た。皺《しわ》は深く、髪もすでに白い。歳か……。と、加門は口中《こうちゅう》でつぶやいた。

呉服橋御門《ごふくばしごもん》の内に並ぶ大名屋敷の塀沿いに、加門は歩いた。田沼家上屋敷もここにある。

すでに馴染んだ裏門から、加門は中へと入って行った。

家重が将軍であった頃には、意次は月の大半を城で過ごしていた。家重の言葉を解することができるのは、大岡忠光《おおおかただみつ》と意次のみであったため、側《そば》を離れることが憚《はばか》られたためだ。が、家治が将軍となってからは、意次は屋敷に戻ることが多くなっていた。

「おう、来たか」

通された居間で、加門は意次と向かい合う。

「先日、津田家に行って来たぞ」

加門は屋敷のようすや家人らについて、見聞きしたことを話す。

「驚いたのだが、信成殿にはお小夜殿という御妾がいてな、その女人は千賀家の血筋だそうだ」

「えっ」

意次は目を丸くする。

千賀道隆は田沼家に昔から出入りしている医者だ。加門も屋敷で何度か会ったことがある。さらにその息子の道有《どうゆう》とも、意次は親しく交わっている。

「そうなのか……いや、そういえば、道有殿から親戚の娘が旗本に縁づいたと聞いたことがあったな。そのお小夜殿のことであったか」

「だな」

加門は頷く。千賀道隆も道有も、声が力強く、闊達《かったつ》な質《たち》で、出世を望むような人柄だと感じていた。旗本との縁を持ちたかったに違いない。

「そうか」意次は腕を組んだ。

「なれば、お知保殿については案ずることもあるまい。松島様のお薦《すす》めどおり、御側室の候補として進めていこう」

「ああ、手堅い実家であれば、心配はなかろう。して、いま一人はどうするのだ。二人置くのであろう」

「うむ、それも決まった。上臈御年寄の高岳様が、御台様とともに下ってきた公家の娘から一人、選んだのだ。品《しな》という娘御だそうだ」

「ほう、京から下向したお付きは、あちらで吟味《ぎんみ》した娘らであろうから、案ずることはないな」

「うむ、高岳様の決めたことに異議を申し立てることもできぬし、その娘御で決まりだ」

「そうか、あとは上様がお気に召すことを待つばかりだな。もう、お話しはしたのか」

「いや」

意次の声が曇《くも》った。

眉が寄り、首が振られた。

「この話、しばし、止めることになった」

え、と加門も眉間《みけん》を狭める。

「なにか、まずいことでもあったのか」

意次は重い声でささやいた。

「実はな、大御所様のお加減がよくないのだ」

「大御所様の……」

加門は思わず、二の丸御殿のある方向へと顔を向ける。

最後に庭で姿を見かけたときの、心許ない足取りが瞼《まぶた》に甦った。

六

二の丸御殿の見える庭に、加門は佇んでいた。

暑さのために、窓は開けられ、御簾《みす》が下げられている。

すでに月は、数日前に五月から六月に移っていた。

先月、家重に回復の兆《きざ》しがないと聞いてから、加門はしばしば足を運んでいた。なにかができるわけではないが、御殿を見守らずにはいられない。

奥医師が入って行く。

二人の奥医師が、ときどき交代しながらも、常についている。

風に乗って、煎《せん》じている薬の香りが流れてくることもあった。

本丸御殿からも、坂を下りてさまざまな見舞いの品が運ばれてくる。

おや、と加門の目はその汐見坂に向いた。家治が降りてくる。

少し前に、弟の重好も見舞いに訪れていた。家重が寝付いてから、息子二人はしばしば父の御殿に顔を出している。

大御所様は起き上がれなくなっておられるようだ、と聞いていた。尿《にょう》が出なくなっているらしい、という話も漏れ聞こえてきている。

おつらいだろうに……。と、加門は二の丸御殿を見て、息を落とす。困難の多い一生だったな、とさらに溜息が深まった。

顔に強い麻痺《まひ》があったせいで、発語がうまくできず、ために幼い頃より暗愚《あんぐ》と誤解されていた。さらに、そのせいで世継ぎの座を廃嫡《はいちゃく》すべしという声も上がった。弟の宗武に譲るべしという意見に、宗武自身もその気になり、三男の宗尹とともに、家重に抗したのだ。将軍の器《うつわ》ではない、と公言し、父の吉宗にも直言したほどだ。吉宗自身、迷いがあったため、そうした言《げん》をすぐに排してはいない。

が、吉宗は深慮《しんりょ》の末、徳川家初代の家康《いえやす》が定めた〈長子相続〉を選んだ。それを受け入れられなかった宗武は、その後も、家重を貶《おとし》める言葉を発し続け、ついに吉宗の強い怒りを買う。謹慎を命じられ屋敷で身を慎んだものの、おそらく腹の底では納得していなかっただろう。

吉宗は思ったはずだ。このまま自分が死ねば、それを継ぐ将軍の座を巡って、必ず争いが起きる、と。元気なうちに隠居をして家重に将軍を譲ったのは、それを避けるためであった違いない。

そうして、家重は将軍となった。

将軍の座に着いた家重は、宗武と宗尹に登城禁止を命じた。

が、宗武は大奥の月光院《げっこういん》に頼み込んだ。幼い頃、大奥で過ごした宗武と宗尹は、月光院の養育を受けていたためだ。宗武の強い願いを聞き入れ、月光院は家重に、登城禁止を取り消させた。

宗武にとって、登城はそれほど大事だったのだろう。大名らとの付き合いもさることながら、表の動向を知っておきたかったに違いない。一時は将軍の座を得たつもりになっていた宗武にとって、御政道に関与したい気持ちは捨て切れないはずだ。

しかたなく登城は許しものの、家重はその後、宗武と宗尹には一度も目通りを許していない。

おそらく、と加門は息を吞み込む。最後まで、弟二人と会われることはないだろう……。

御簾が風で揺れる。

だが、その一生は苦難ばかりではなかったか……。加門の脳裏に大岡忠光の顔が浮かんだ。

常に側《そば》に侍《はべ》り、家重の言葉と思いを解し、人々との橋渡し役を務めた忠光は、家重にとっては、血のつながった親族よりも大事な者だった。

忠光がいたからこそ、家重はさまざまな苦難にも対処することができたはずだ。そして、大きな慰めでもあったろう。

家重は臣下に情けが深かった。出された膳に傷《いた》んだ物があっても、咎めることはせずに、そっと捨てさせるような温情があった。それは大岡忠光も同じで、御側御用人として、大いなる権威を手にしていたにもかかわらず、下の者を叱りつけることはついぞなかった。失態があっても、穏やかに諭《さと》すのが常だった。

加門は空を見上げる。

大岡忠光が死去してから、一年とひと月あまりが経つ。

大岡様は御浄土《ごじょうど》で、大御所様を待っておられるのだろうな……いや、そうか、大御所様も大岡様に会うために、旅立たれるのかもしれないな……。

空の雲が、形を変えながら、流れていった。

第二章　消え生まれ

一

六月十二日。
御庭番の詰所に、足音が駆け込んで来た。
「大御所様が息を引き取られたそうだ」
加門は立ち上がる。
急ぎ、汐見坂を駆け下りた。
二の丸御殿に、老中らが入って行く。
加門は息を整えて、御殿を見つめた。
逝《い》かれたか……。その目を空へと向けた。

「御葬儀《ごそうぎ》の差配は田沼様がまかされたそうだ」

そう聞いて、加門は納得した。十六歳で家重の小姓となり、去年の隠居までずっと側で仕えていた意次は、大岡忠光の次に信頼を受けた家臣だったからだ。

加門の足は、また汐見坂を降りていた。

すでに二七日《ふたなのか》も過ぎたが、まだ霊柩《れいきゅう》は二の丸御殿に安置されている。毎日、僧侶《そうりょ》が読経《どきょう》して供養《くよう》が行われ、それが出棺まで続く。

将軍の葬儀は死後、ひと月ほどかかることも珍しくない。

加門は、二の丸御殿の見える庭に立ち、いつものように手を合わせた。顔を戻しても、そのまま佇んで、しばしの時を過ごすのも常になっていた。

と、人の気配に、加門は顔を向けた。供を連れた武士がやって来る。

「あ、意誠殿……いや……」加門が近寄って行く。

「能登守《のとのかみ》様」

意次の弟意誠は、今は官位を授かり田沼能登守となっている。

「ああ、加門殿」意誠は供を待たせて、寄って来る。

「いらしていたのですか、間近で手を合わせられるのも、あとしばらくですからね」

「うむ、そう思うと、名残惜《なごり》しくて、つい来てしまう」

加門はちらりと後方に控えている供侍を見た。箱を持っている。

意誠は頷く。

「お線香を持って来たのです、殿の名代《みようだい》で」

意誠は一橋家の当主である徳川宗尹に仕えている。小姓として上がって以降、精勤が認められ、今では家老だ。

なるほど、と加門も目顔で頷いた。

結局、最後まで、家重は宗武と宗尹に目通りを許さなかった。二人の弟も、あえて会いたいとは思わなかっただろう。が、御三卿としての立場は示さねばならない。形だけでも、こうしてお供物などを持参させているのだろう。

「そういえば」意誠は小声になった。

「いつぞやは、木挽町《こびきちよう》の屋敷にお見えになったそうですね。わたしもお会いしたかったのに、残念です」

「ああ、留守中にすまないことであった」

「とんでもない、いつでもお越しください。兄とは会っておられますか」

「いや、御葬儀の差配で忙しそうだ、まともに顔を合わせていない」

「そうですか」意誠はささやき声になった。

「わたしは昨日、会ったのです。御葬儀は来月の四日に決まったそうです」

「四日……」

加門のつぶやきに、意誠は頷く。

「では、わたしはこれにて失礼を」

意誠は待ちあぐねたような供を振り向いて、加門に目礼をした。

御殿に入って行く意誠を見送り、加門は口中で再び、四日か、とつぶやいた。


七月四日。

午後の町に、加門は出た。

すでに昨日、町にはお触れが出されている。

家重の霊廟《れいびょう》は芝《しば》の増上寺《ぞうじょうじ》に祀《まつ》られることになっている。城から増上寺まで、葬儀の列が進むことになる。

その道筋を加門は歩く。

昨日、出されたお触れは行き渡っていた。

二階の窓は閉め切り、決して上から覗いてはいけない。

表の戸も閉め、外に出てはいけない。

幼い子がいる家は、親類などに預けるべし。

そうしたお触れが、すでに守られている。

武家の葬儀は夜に行うのが習いであるため、葬列は夕刻に出る。

日が傾いた今、家や店の戸は閉ざされ、道にも人の姿はない。見まわりの役人が、歩くだけだ。

これならば、問題はないな……。加門は城へと戻るため、裏の道へと入った。と、家の裏口から、二人の町人が出て来た。

家に閉じこもるのがいやさに、どこかへ行くのだろう。

「公方様《くぼう》、いや、今は大御所様か。どんなにお偉い人も、死ぬときゃ死ぬんだな」

「そら、おめえ、死なねえもんはいねえよ」

二人はしゃべりながら、歩いて行く。

「けど、あれだね、こうなると、小便公方《しょうべんくぼう》なんて言って悪かったと思うね」

「ああ、そうそう、おれも最近、小便が近くなったから、そう思うよ。出たくなると、押さえがきかなくなるんだよな」

「おう、おれもさ。人のことを笑うといずれてめえも同じ目に遭《あ》う、って婆さんに言われたもんだがよ、今頃になって、身にしみるぜ」

加門はうしろに付いて、耳をそばだてた。

「へえ、えらい婆さんだな」

「おう、怖かったけどな。公方様の悪口も言ったら怒られたよ。上のお人には、下のもんにはわからない苦労があるもんだって。今の公方様だって、苦労してるに違いないってね」

「ふうん、それはそうかもしんねえな。まあ、実際、吉宗公の頃には米の値が上がって難儀したもんだが、家重公の代になって落ち着いたもんな」

「おう、そういえばそうだったな。家重公は御公儀の重臣をつぎつぎに罷免したっていうし、もしかしたら、それでちったあ世の中がよくなったのかもしれねえな」

加門は胸の内で思わず「そうだ」とつぶやいていた。

片割れの男が肩をすくめる。

「へえ、なんでい、やけに大御所様の肩を持つじゃねえか」

「ああ、婆さんの話をしてたらよ、死んだお人は褒《ほ》めてやれって、言われたのを思い出したんだ。その人のよかったとこを話してやると、供養になるんだとさ。まあ、今のは、小便公方だのなんだの、いろいろと悪口言ったことの罪滅ぼしだな」
「ははあ、なるほどね、そいじゃ、あとで酒を飲みながらご供養しようじゃねえか」
「おう、そうさな、深川《ふかがわ》にでも行くか」
二人は辻を曲がり、離れて行く。
加門はその背中を見送って、城へと戻った。
黄昏《たそがれ》の空が、すでに広がっていた。
加門は二の丸の庭から、そっと窺《うかが》う。
霊柩が運び出され、その前後に人が付き従う。
指揮を執る意次の姿もあった。
長い葬列が動き出す。
加門は木陰から、そっと手を合わせた。

二

秋、家重の百箇日法要《ひゃっかにちほうよう》もすみ、城中はもとの穏やかさを取り戻していた。
「主殿頭様がお呼びです」

使いに呼ばれて、加門は意次の部屋に赴《おもむ》いた。

「おう、来たか」

手招きする意次の前には、さまざまな物が並べられている。

座った加門はそれを見て、はた、と顔を上げた。すべてに葵《あおい》の御紋《ごもん》が金蒔絵《きんまきえ》で施《ほどこ》されている。

意次は頷いた。

「大御所様の遺品だ。形見分けということで、わたしもいろいろともらったのだ。で、そなたにも分けようと思ってな」

「よいのか、わたしなどがいただいても」

「むろんだ、そなたも直々《じきじき》に御下命を受け、ずいぶんと働いたではないか。御側衆にも許しを得ている」

「む、そうか、なれば」

加門は目の前の扇子《せんす》を手に取った。夏、この扇子を手にしていた姿を覚えている。と、横に並んだ焼き物の湯飲み碗にも目がいった。煎じ薬を服《の》むさいに、使っていた碗だ。

「この扇子、わたしがいただいてもよいか。それと、かまわなければ、碗を医学所の海応《かいおう》先生に差し上げたいのだが」

「おう、薬を処方してくだった先生だな。そのお方、売り払ったり、人に見せびらかすようなお人ではないのだろう」

「ああ、そんなことはしない、無欲なお方だ」

「なれば、かまわんぞ、大御所様もお礼を伝えたいであろうしな」

意次は包むための風呂敷《ふろしき》を差し出し、加門は選んだ品を丁寧《ていねい》に包んだ。手を動かしながら、上目に意次を見る。

「そなたもいろいろと大変だっただろう」

「ああ」意次は天井を仰ぐ。

「忙しかった。が、それで気が紛れたな。大御所様にお仕えした年月を思うと、大きな穴が空いたような気がしたが、御葬儀やら法要やらの手配をしていると、その穴を忘れることができた」

「そうか、お側に仕えたのが長かったものな」

加門も上を見る。

家重の顔や声が思い出された。

「しかし」意次が顔を戻す。

「今頃は極楽《ごくらく》で、また大岡忠光様と会われておられるだろう。そう思うと、少し、気が休まる」

「うむ、そうさな、ごいっしょに将棋《しょうぎ》を指されておられることだろう」

加門は微笑んでから、「そうだ」と、身を乗り出した。

「そういえば、上様は御側室を置かれたそうだな」

「ああ、そうなのだ、於《お》知保の方様と於《お》品の方様に御中臈の位が与えられて、無事、側室となられた。上様も受け入れてくださったのだ」

「そうか、それはよかった。御台様もお許しになられたのだな」

「うむ、高岳様がうまく取りなしてくださったようだ。御台様もお世継ぎのことは気にかけておられたようだし」

目元を弛める意次に、加門も笑顔で頷いた。

「なにはともあれ、よかった。あとはお世継ぎのご誕生を待つばかりか……」

二人は、大奥のほうへと目を向けた。

医学所を訪れた加門は、「海応先生」と声を上げながら、廊下を進んだ。

「おう、ここにいるぞ」治療部屋から声が上がり、「奥で待ってろ」と声は続いた。

海応の居室で待っていると、手を拭きながら海応はやって来た。

「どうした、珍しいな」

「はい、ご無沙汰《ぶさた》してしまって。今日はこれを……」

加門は包みを開いて、湯飲み碗を差し出した。

ふむ、と手に取った海応は、葵の御紋に気づいて、「ほお」と声を上げた。

「これは徳川様の物か」

「はい、先に亡くなられた大御所様の形見です。わたしも分けていただいたので、先生にもと思いまして。いろいろとお世話になりましから」

「いや、わしなぞ、なんも役には立っておらん。じゃが、わしも加門から話を聞くうち、なんとのう、家重公には情のようなものが湧いておったでな、これはうれしいわい」

「よかった、では、お納めください」

「ああ、ありがたくもらっておく。じゃが、人には見せんようにせんとな。盗まれてはいかん」

海応は笑う。と、その手を打った。

「そういえば、平賀源内殿と町で会うたそうじゃの。このあいだここに来て、言うておったわ」

「ああ、はい、乾物屋でたまたま。熱心に薬材探しをしていました」

「おう、そうじゃろう。源内殿は来年の四月に、また東都薬品会《とうとやくひんえ》をやるそうだ。今度のはこれまで以上に大きな会らしい。今はそのためにあちこち駆けずりまわって、薬材を集めておるということじゃった」

「ほう、そうですか。それは面白そうだ、今度はわたしも行ってみます」

「うむ、あれはためになるぞ。なにしろな……」

海応の声を遮《さえぎ》るように、廊下から声と足音が飛び込んで来た。

「先生、来てください、けが人です」

あわてて出て行く海応に、加門も続く。

治療部屋に、腕を斬られた侍が横たえられている。仲間らしい侍が一人、部屋の隅で立ち尽くしている。手に血が付いているところを見ると、この男が運び込んだのだろう。

上半身はすでに着物が脱がされ、二の腕の刀傷が顕《あら》わになっている。若い医者が、血を拭き取りながら、海応を見上げた。

「深手《ふかで》です、先生」

「焼酎《しょうちゅう》で拭け」海応は加門を振り返った。

「そなた、縫うのは得意じゃったな、やってくれ」

「えっ、しばらくやってません」

「大丈夫じゃ、手の仕事は手が覚えてるもんじゃ」

若い医者や弟子らが、たちまちに焼酎や湯桶《ゆおけ》、道具を整える。

背中を叩かれた加門は、「はい、では」と息を吸い込んだ。

襷掛《たすきが》けになると、熱い湯と焼酎で手を清め、加門は針を持った。

集まった弟子らが、息を詰めて見つめる。

針が刺さるたび、呻《うめ》き声を上げる侍を、皆が押さえつけた。

十二針、縫い終わると、加門は、ほうっと息を吐いた。

針を置くと、青い顔をしたけが人を改めて見た。力尽きたように、目を閉じている。

横に置かれた羽織も長短の刀も、それなりの物だ。

加門は立っている仲間に、顔を向けた。

「いずこかの御家臣と見えるが、誰にやられたのです」

「あ、はい、我らは尾張藩士《おわりはんし》で……」男が進み出る。

「町の水茶屋《みずぢゃや》で話をしていたところ、浪人から因縁《いんねん》をつけられました、尾張の者か、と言われて」

「ほう、見知った者ではなかったのですか」

「知らん者です。なにやら、上方訛《かみがたなま》りで言いがかりをつけてきて、いきなり脇差しを抜きよった……なので、やり合ってしまったわけでして」

ふうむ、上方訛りか、と加門は独りごちる。

その加門に、海応は顎をしゃくった。

「いや、ご苦労じゃった、奥に戻ろうかい」

歩き出しながら、海応は弟子らを振り向いた。

「あとはわかるな、金創《きんそう》は膿《う》まぬように、あとが大事じゃ。薬草を当てて、晒《さらし》はきつくなりすぎんように巻くんじゃぞ」

「はい」

若い声を背中に聞きながら、海応と加門は、元の居室に戻った。

「やれやれ」海応が水を飲む。

「近頃は、ああいうけが人が時折やって来る。徳川家に抗しようとする者が、江戸にもおるようじゃの」

「あ、はい、先生もご存じでしたか」加門は身を乗り出した。

「竹内式部が京を追放になったさい、弟子らが散らばり、江戸に来た者もいるようなのです」

「ふうむ、京で公家を相手にしておればいいものを。公家衆ならば、得意は歌舞音曲《かぶおんぎょく》にせいぜいが蹴鞠《けまり》、口でなにを説いても世を動かすほどにはならんからなあ」

　海応の口ぶりに、加門ははっとした。

「そうだ、海応先生は京にいらしたことがあるんですよね」

「おう、あるぞ。大坂《おおさか》から移ったんじゃ。公家の屋敷にも出入りしたことがある。面倒くさいお人らじゃったから、二年で尾張に移ったがな」

「面倒くさい、のですか」

「ああ、あのお人らは、なにかにつけて格式を鼻にかけおる。己らこそが一番偉いと思うておるわな、ありゃあ。腹の底から武家や徳川を見下《みくだ》して、嘲《あざ》けよる。付き合うのに、あんな面倒な者らはおらん」

　加門は目を丸くした。豪放《ほが》だが朗らかな海応が、人を悪《あ》し様《ざま》に言うのを初めて聞いたからだ。よほどの思いをしただろう……。

「公家衆は、それほど徳川家に対する敵愾心《てきがいしん》が強いのですか」

「ああ、強いな。天下を奪われたと思うておるんじゃろ。だから、天下を取り戻そうなどと言われれば、すぐに飛びつくんじゃ。笛を吹いたり歌を詠《よ》んだりして過ごしてきたお人らに、今更、政《まつりごと》などできなかろうにのう」

「なるほど」

加門は腕を組んだ。

ははは、と海応は笑う。

「まあ、ありゃあ、妬《ねた》みだな。公家といっても力を持っているのは、摂関家《せっかんけ》だけだからのう、それ以下のお人らはなにも持っておらん。そういう長年の不満が、天下を統《す》べる御公儀に向いておるんじゃろうよ。虎《とら》を妬む猫みたいなもんだわい」

はっはっはっ、という海応の笑いに頷きながらも、加門は以前、父の言った言葉を思い出していた。

〈妬みほど厄介《やっかい》なものはない〉

そうだ、だが、たとえ妬みだとしても、人を動かす力にはなる……。加門は唇を噛みながら、医学所を出た。

辺りを見まわす。

尾張藩士を斬った者がいるのではないか、と気を張った。が、怪しい人影はない。

肩の力を抜いて、加門は歩き出した。

腕を斬る程度の刃傷沙汰《にんじょうざた》なら、江戸の町では珍しくない。

厄介なことは起こさないでくれよ……。加門は腹の底でつぶやいて、町ゆく人々を見た。

木々の葉は散り、すでに冬の風が吹きはじめていた。

三

宝暦十一年が過ぎ去り、翌十二年。

三月、中奥にざわめきが広がった。

「於知保の方様が御懐妊《ごかいにん》されたそうだ」

加門の耳に御庭番仲間がささやいた。

なんと、と加門は廊下へと走り出た。

思わず意次の部屋のほうへと足を向けた。が、今は昼間、いるのは御用取次の部屋のはずだ。

加門は廊下の隅に立ち、大奥のある方角を見た。

御懐妊といっても、男子が生まれるとは限らない。望みは半分だ。としても、上様はさぞお喜びのことだろう……。

　そう思いを巡らせながら、佇んでいると、横から足音が近づいて来た。

「加門ではないか」

　意次だ。

「ああ、いや、於知保の方様のことを聞いて、じっとしていられなかったのだ」

「そうか、いや、わたしもほっとした。御中臈となってほどなくご懐妊とは、めでたいことだ」

　満面の笑顔になる意次に、加門は小声で問う。

「よいのか、こんなところで立ち話をして」

「ああ、いや、厠《かわや》だ厠、そなたも行こう」

　背中を叩かれ、ともに歩き出す。

　もともと人が多くはない中奥だが、隅にある厠にはもっと人気《ひとけ》がない。

　用を済ませると、意次は「そうだ」と加門を見た。

「千賀道有に聞いたのだが、四月に湯島《ゆしま》で東都薬品会というのをやるらしいな。わたしも一度見てみたい、いっしょに行かぬか」

「おっ、知っていたか」加門は目を見開いた。

「わたしも誘おうと思っていたのだ。以前、町で会ったろう、あの平賀源内殿が主催の一人なのだ」

「うむ、道有から聞いた。なんでも本草学者の田村藍水《たむららんすい》殿に、平賀源内殿が提案してはじめたらしいな。見たこともない遠国の薬材までが揃って、大層、面白いらしい」

「うむ、わたしも海応先生から勧められたのだ。四月の十日からはじまるということだから、ともに行こう」

「よし」

二人は頷き合った。


四月。

湯島天神《ゆしまてんじん》近くで三十坪の敷地を有する料理茶屋、京屋《きょうや》に加門と意次は連れ立って入った。

隣り合う広間の仕切りをすべて取り払い、たいそうな大広間ができあがっていた。畳には白い布が敷かれ、その上にさまざまな物品が並べられている。

熱心に見ている人々はさまざまな身分の者らだ。武士が多いが、医者や学者、それに薬種問屋らしい者、ごく普通の町人らもいる。

「すごいな」

意次は柱を見上げた。大蛇《だいじゃ》の皮が下げられている。

「こっちには虎の皮と骨があるぞ」

加門も声を上げると、意次が覗き込んだ。虎、清国などと書かれた説明書きもあるが、人の頭でよく見えない。

「虎も薬になるのか」

振り返る意次に、加門は頷く。

「ああ、骨は虎骨《ここつ》という滋養《じよう》の薬だ。それに干した牡《おす》の陽物《ようぶつ》も強壮薬として使われている」

「ふうむ、しかし、わざわざ生きている虎を殺さずとも、滋養強壮なら人参《にんじん》でよかろうに」

「うむ、だが、古く漢《かん》の頃から、虎のみならずおっとせいや鶴《つる》まで薬に使われていたのだ」

「ほう、では、あの亀《かめ》も薬なのか」

「あれはすっぽんだ。精がつくといわれている」

へえ、と意次は感心して、覗き込んでいく。

「石があるぞ」

「ああ、石はけっこう薬として使われているのだ。細かく砕けば粉になるしな。医学所の薬部屋にもある、そらあれも石だ……」

加門の説明に意次は熱心に耳を傾けた。が、つぎつぎに押し寄せる人に、じっと立ち続けることはできない。

「お、これはなんだ、虫か」

移った先でも、また珍しい物がある。

「竜《たつ》の落とし子だ。これも漢方では薬だ」

ほうう、と意次は目を細める。

一画を見終わって、二人は人混みから離れた。

所々で、薬種問屋の主らしい男が、誰かと話をしている。耳を立てると、出品者と仕入れの交渉をしているのがわかった。

二人は庭の見える縁側に移って、ほうと息を吐いた。

「いや、すごい人だな」

意次の言葉に加門も頷く。

「うむ、ここまではと思わなかった。しかし、確かに薬を知らなくとも、見るだけで

「ああ、しかし、これほど多くの薬があるのなら、もっと民に行き渡らせることも考えねばならんな。江戸の町は流行病《はやりやまい》が多いし、長生きしない者も多い。わたしはかねがね、皆がもっと養生をして、元気で働けるようにせねばと思うていたのだ。それも御公儀の役目の一つであろうしな」

意次は斜めの部屋も見渡す。向こう側の部屋にも人が多い。

加門も同じように目を移していた。源内の姿を探すが、みつからない。

「先生」

背後で上がった人々の声に、加門は振り向いた。

いかにも学者らしい総髪の男が、人に囲まれている。田村藍水だ。

加門はその顔をしみじみと見た。

田村藍水はかつて、阿部将翁《あべしょうおう》に本草学を学んでいる。加門も同じ頃、阿部将翁から医術を学んだため、兄弟弟子《でし》といってもよい。が、あまり話をしたことはない。それに藍水は独り立ちしたあと、薬材探しの旅に出て、江戸から離れていることが多かった。そうした博学ぶりや熱心さを買われ、公儀から御種《おたね》人参の栽培《さいばい》を命じられたこともある。

朝鮮から買い入れた人参は薬効の高さで知られていたため、吉宗は国内での栽培を目指し、種を大名や本草学者らに配った。将軍から下された種であるため、御種と呼ばれ、御種人参という名で知られるようになっていた。

当時、若いながらも本草学では名が知られるようになっていた田村藍水は、公儀から御種を渡され、栽培を命じられたのである。適した土地を探し、藍水は日光の地で栽培に成功した。

加門はその話を思い出していた。藍水は江戸を離れている時期が長かったために、顔を見るのは久しぶりだ。

目尻には皺が刻まれ、鬢《びん》にも白いものが混じっているが、その面立ちは若々しく力強い。すでに四十半ばのはずだ。さすが、養生をしているのだろうな……。そう思いながら、加門は遠目から見つめた。

人が離れた隙を見て、加門は近寄った。

「田村藍水殿ですか、わたしは宮地加門と申す。覚えてはおられまいが、昔、阿部将翁先生の医学所に通っていた折、なんどかお見かけしたことがあるのです」

藍水は、あぁと声を洩らした。

「いや、源内に聞きました。医学所で会ったそうですね。宮地殿も医学所で学ばれていたと……いや、すみません、わたしは人の顔が覚えられなくて」

「いえ、話しをする機もありませんでしたから」加門は微笑む。

「しかし、見事な会ですね」

「ええ、今回はさらに扱う物品が増えましたから」

言葉を交わす二人の横に、意次がやって来た。

加門は頷いて、手で藍水を示す。

「田村藍水殿だ」

「ほう、お目にかかれてなにより。感心しておったところです。わたしは田沼……」

意次の言葉に、藍水は腰を折った。

「もしや御側御用取次の主殿頭様ですか」

「ああ、そうです」

意次が頷くと、藍水は改めて礼をした。

「いや、源内から宮地様と田沼様というお方に会ったと聞いて、もしや、と思うたのです。源内は江戸にはくわしくなく、まして御公儀の御重役には疎《うと》いので、気づいておりませんでしたが、わたしはお名前を聞いてはたと……いや、やはり、そうでしたか。お日にかかれてなによりです」

「いや、わたしのほうこそ、田村藍水殿のお名前は以前から聞いておりましたぞ。御種人参を栽培されたお方と、評判になりましたからな」意次は笑顔で礼を返す。

「この会も見事なものだ」

「はい、源内も力を入れましたので」

加門も笑顔になった。

「いや、あの平賀源内殿は面白いお人ですね。田村殿の弟子なのですか」

「ええ、六年前に我が門下に入ったのです」

「なるほど」加門は目を動かす。

「今日はおられないのですか」

いや、と藍水は見渡し、「あれに」と手を挙げた。人に囲まれて顔は見えない。

「源内」

師の呼びかけに、頭がぴょんと飛び出て、すぐに人をかき分けて出て来た。

「おや、これは宮地様と田沼様でしたか」

駆け寄った源内はにこやかに、会釈をする。藍水は、一つ、咳《せき》を払った。

「源内、そなたは知らぬことであったろうが、こちらの田沼様は御側御用取次であられるのだ」

「は、おそば……」

首を傾げる源内に、

「公方様に御用をお取り次ぎになられる偉いお方だ」

藍水は厳《おごそ》かに言う。

「は……」源内は切れ長の目を見開いた。

「それはそれは、そうとは知らず、いや御無礼をいたしました」

ははは、と腰を曲げる。と、顔を上げて加門を見た。

「では、こちらの宮地様も実はお偉いお方、というわけで……」

意次は笑う。

「この加門も、公方様から直々《じきじき》にお言葉も頂戴《ちょうだい》する立場。先の大御所様の御信頼も厚かった」

「ははあ、それも知りませんで、御無礼を」

かしこまる源内に、藍水も合わせる。

「さようでしたか、いや、同じ医学所の仲間とばかり……御無礼をしました」

「いえ、おやめください」加門は小声で首を振る。

「わたしは官位もない一介の幕臣にすぎません。お気づかいなく」

そう言いながら、加門は周囲の人々に目をやった。

藍水と源内を待っているらしい客らが、遠巻きに立っている。

「行くか」

加門のささやきに、意次が目で頷く。

「邪魔をしました、これで失礼を」

小さく会釈する二人に、藍水と源内が深々と礼をする。

加門と意次はまた、客らの人混みに戻って行った。

四

五月。

下城した加門は、御庭番御用屋敷の庭を歩いていた。

いつものように家に戻る道だが、加門はふと足を止めた。

庭のずっと奥に、妻千秋《ちあき》の背中が見える。向かい合う女人と話しているようだ。

誰だ……。加門はそちらに向かう。と、その女人がこちらに気づいた。

きゃ、という小声を出して、女人があとずさった。腕には三毛猫《みけねこ》を抱いている。

振り返った千秋も「あら」と目を丸くした。

女人は踵を返して、走り出した。

その先にあるのは、大奥の女中のための屋敷だ。板塀《いたべい》で囲ってはあるが、潜《くぐ》り戸《ど》もあるし、端《はし》は空いている。

千秋はそちらを振り返りながらも、加門に近寄って来た。

「驚かせてしまいましたね」

「うむ、奥女中か」

「はい、呉服《ごふく》の間《ま》の奥女中でお夕《ゆう》様というのです。手を痛めて、しばらく前からこちらで養生しておられるのですって」

ここの屋敷は奥女中が養生するための場所だ。病やけがで仕事ができなくなった奥女中は、回復するまでこの屋敷で養生することになっている。なかには、高齢のため、大奥を下がった女人らもいる。実家に帰ることができず、町で暮らすのも心許《こころもと》ない者が、余生を過ごすこともできる場所だ。

千秋は上目でささやく。

「なれど、大奥のお人がこちらにいらしていたことは、内緒にしてくださいませね。あちらで飼われている猫がときどきこちらに来るので、迎えに来るのです」

「ほう、そうだったのか」

「はい。あの猫はおはなというのですよ。背中の黄色い毛が花のような形をしているので。すばしっこくて、捕まえるのをお手伝いしているうちに、お話しをするようになったのです」

「そうか、猫じゃしかたあるまいな、安心しろ、人に言ったりはせん」

笑う加門に、千秋もほっとしたように、笑顔になった。同時に、おずおずと加門を見上げる。

「於品の方様も御懐妊なさったそうですね」

えっ、と見下ろす加門に、千秋は肩をすくめた。が、笑みは浮かべたままだ。

「すみません、わたくしも聞いてうれしくなって」

「そうか、あのお女中に聞いたのか」

家治の側室となった於知保の方はすでに懐妊して、そのお腹も膨らみつつあった。さらに、もう一人の側室於品の方の懐妊も、判明したばかりだ。

千秋は頷く。

「お城からお使いが来たのですって。御子がお二人増えるとなると、人手もいりようになりますでしょう、なので、戻るようにと」

「なるほど、呉服の間だと赤子の着物やおむつを縫わねばなるまいな」

「はい、二人分では大変ですものね」

千秋はふと立ち止まると、すぐ側に見える城の石垣を見やった。

「なれど、御側室の方々は大変でしょうね。男《おのこ》を望まれているのですから、生まれるまでは気が気ではないはず。御懐妊はおめでたいことですけど、この先がどうなることか……」

眉間を狭める千秋に、加門はそういえば、と思い出した。

御台所《みだいどころ》が二人目の御子を産んださい、また姫か、と城中ががっかりしたものだった。それから、さほど年月は経っていない。

千秋は加門を見上げた。

「姫であっても、気落ちしないでくださいね」

う、と加門は息を呑む。

「あ、当たり前だ。姫であろうとめでたい。それに、たとえはじめの御子が姫でも、於知保の方様は側室に上がられてすぐに御懐妊されたのだから、つぎつぎに御子を産まれることだろう。きっとお世継ぎの男子も産まれるはずだ」

「ほうら、それです」千秋が腰に手を当てた。

「殿方はふた言目《こと》には跡継ぎだの世継ぎだとの……産むほうの身になれば、どれほど大変なことか」

加門は咳を払う。

「い、いやそうだな、女か男か、人には決められんのだからな。わかっているぞ」

加門は歩き出す。

歩きながら、城を横目で眺めた。

しかし、世継ぎは大事だ、将軍家なのだから……。

半歩うしろを歩く千秋は、その本心を見抜いたように、小さく笑っていた。

八月。

加門は城を出て、田沼家の屋敷へと向かっていた。

昼間、使いから手渡された紙片が手の中にある。

〈夕刻、屋敷へ寄られたし〉

意次の字だ。小さめで整った文字は、いつも乱れがない。

裏門から入ると、すぐに奥の居室に通された。

「おう、待っていたぞ、急ですまんな」

意次は膳の用意を命じて、人払いをした。

「なんだ、用でもできたのか」

向かい合った加門は、とりあえず出された茶を飲みながら、意次を見る。

「うむ、実は話しておきたいことができたのだ。お城では話しにくくてな」

神妙な顔の意次に、加門は膝行《しっこう》して間合いを詰めた。

「ほう、なんだ」

「大岡忠光様が亡くなられたあと、召し抱えていた家臣らの一部に暇が出されたのは知っているか」

「ああ、聞いたことがある。大岡様は浪人を減らそうと、禄が増えるたびに家臣を増やされたのだろう」

そなたと同じだな、と加門は胸の内でつぶやく。

「そうなのだ」意次は腕を組んだ。

「最後は二万石に御加増されたから、家臣もずいぶんと増やされたのだ。だが、それほどの家臣は必要なかったはずだ。情でとってはいたが、それぞれに禄を与えるだけでも大変であったろう」

「む、それはありうるな」

「したがって、忠光様が亡くなられたあと、御家中では話し合ったらしい。家臣を減らしたいという本音を、伝えたところ、それに応じる家臣らがいたという話だ」

「そうか、昔から仕える者に暇を出すわけにはいかないが、新しく仕官した者であれば、言い出しやすいな」

「そういうことだ。で、やめた者らがそれなりにいたそうだ」

意次はそこで大きく息を吸った。

と、そこにちょうど、廊下から声がかかった。

「殿、御膳をお持ちいたしました」

「うむ、入れ」

障子が開いて、二人の家臣が膳を捧げて入って来る。

加門は見覚えのないそれぞれの顔を見て、得心する。この者らもまた、新しく召し抱えたのだろうな……。

膳が置かれ、湯気が立ち上る。

湯気の向こうから、意次が微笑んだ。

「さ、飲もう」銚子《ちょうし》を持って杯に酒を注ぐ。

「そなたの好きな海老《えび》しんじょを作らせておいたぞ。近頃、賄《まかな》い役《やく》の腕が上がってな、しんじょにかけるあんがうまいのだ」

丸いしんじょにうっすらと茶色いあんが、かかっている。隣の小鉢に入っているのは、白魚《しらうお》の卵とじだ。

加門も燗《かん》のついた酒を口に含んだ。喉を温かな酒が流れ落ちる。

「うまそうだ、いただくぞ」

加門は吸い物椀をとり、澄んだ潮汁《うしおじる》を含んだ。蛤《はまぐり》の香りが鼻をくすぐり、淡い味わいが口中に広がる。続いて、しんじょの熱さと海老の香ばしさを味わう。それを飲み下しながら、意次の顔を窺った。

意次は白魚を飲み込むと、加門を見返した。

「でな、大岡家をやめた者のなかに、山県大弐《やまがただいに》という男がいるのだ。いや、わたしも知らなかったのだがな」

「ほう、忠光様がとったのか」

「ああ、なんでも出は甲州《こうしゅう》だが、医学を学んで江戸に来て医者をしていたらしい。だが、大岡家に仕官して、その後は代官として勝浦《かつうら》に遣わされていたという話だ」

大岡忠光が藩主であった岩槻藩《いわつきはん》には、房州《ぼうしゅう》勝浦に飛び地があった。

「勝浦にいたのか、ならば我らが知らなくとも不思議はないな」

「うむ、そもそも大勢いる家臣のほとんどは知らぬからな」

「ふむ」加門は箸《はし》を止めた。

「して、その山県大弐とやらが、どうかしたのか」

意次は頷く。

「浪人となった山県大弐は、八丁堀《はっちょうぼり》で私塾をはじめたそうだ。いや、浪人が選ぶ仕事としては普通の道だ。だが……」

意次の眉が寄った。

「教えているのが大義名分《たいぎめいぶん》なのだ」

「儒教《じゅきょう》か、臣下は君に忠実に仕えるべし、だな」加門も眉を寄せる。

「よい、教え、ではないか」

「うむ、だが問題は、君と臣下を誰と捉えるか、だ。山県大弐には君は天子様まであり、武家はあくまでも臣下である、と説いているらしい」

「天子様……竹内式部と同じか」

「そういうことだ、ほかにも朱子学《しゅしがく》や軍事《ぐんじ》を教えているらしい。なにしろ、名を大弐ではなく軍事と名乗っていたこともあるという話だ」

ううむ、と加門は唸った。

意次は眉根を開き、面持ちを弛《ゆる》める。

「ああ、いや、まだそれだけのことなのだ。徳川を批判しているわけではないし、竹内式部のように、将軍の座を取り上げろ、などと激したことを言っているわけでもない。ただ、聞き捨てにもできない、ということだ」

「ふうむ、だが、不穏ではあるな。その私塾に潜り込み、探ってみようか」

「ああいや、それはよい。むしろ、今、顔を知られては、この先、なにかあったときに動きにくくなろう。それに、すでに町奉行所の隠密同心《おんみつどうしん》が入っているのだ」

「ほう、そうなのか」

「うむ、さすがに毎日、町を見まわっている町奉行所だ。その私塾の話を聞きつけて、すぐに同心を送り込んだということだ」

「なるほど、それで、城中にも話が上がってきたのだな」

「そういうことだ」

意次は箸を取り、瓜《うり》の漬物を口に運ぶ。ぱりぱりとよい音が響く。

「して、この先はどうする」

加門はしらすをつまんだ。

「そうだな、まだ、捕らえるほどのことではない、と城中でも意見は揃った。が、今後も隠密同心に見張らせていくことになった。なにかあったら、御庭番にも命《めい》が下るかもしれん」

「そうか、あいわかった。心しておこう」

「ああ、頼む。いや、それが頼みたかったわけではないのだ。よりにもよって、大岡様の家臣だった、ということがなにやら喉に刺さってな」

「うむ、大岡様ほど将軍に忠義だったお人はいないからな。山県大弐はそれをわかっていたであろうに、なにゆえに……」

「そうだろう、わたしもそう思ったのだ。このようなことは、うかつに言えぬからな、それでそなたを呼んだのだ」

「ああ、まさに、うかつには話せないな」

「うむ」意次は面持ちをすっかり弛めた。

「いや、こうして話せてすっきりとした。いや、すまなかったな、膳が冷めた、さ、食おう」

　加門も口元を弛める。

「まあ、いずれにしてもようすを見ていくしかないだろう、わたしも何か耳にするようなことがあったら、知らせよう」

「おう、ありがたい、だが、御下命でもないからな、あまり気にしないでくれ」

意次は銚子を差し出す。

加門は杯でそれを受けた。

五

秋風を受けながら、加門は町を歩く。

医学所にほど近い小さな家の前で、立ち止まり、軒先に下がった木札を見た。

本道《ほんどう》(内科)と書かれている。

「おうい、浦野正吾《うらのしょうご》、いるか」

加門は呼びかけながら戸を開けた。

「おう、いるぞ」

薬研《やげん》の前に座る正吾が、顔を上げた。

医学所でともに学んだ正吾も、今では立派な医者だ。

「まあ、上がれ」

「邪魔するぞ」

重なる声とともに、加門は座敷に上がり込んだ。

横で生薬《しょうやく》を広げていた息子が、姿勢を正して挨拶をする。

「いらせられませ」

「おう、立派になったな」

加門の笑みに、息子は「いえ」と照れ笑いを見せる。

「庭に行って干した生薬《しょうやく》を見てこい」

正吾の言葉に従い、息子は出て行った。

で、と目顔で正吾は問いかける。

「なにか用事だろう、どうした」

「うむ」見透かされた加門は苦笑しつつ、首を伸ばして間合いを詰めた。

「そなた、医者仲間から山県大弐という名を聞いたことはないか。以前、町医者をしていた男なのだが」

「山県大弐……ああ、知っているぞ、いや、会ったことはないがな」

「聞いたことはあるのか」

「うむ、診立《みた》て違いで病を悪化させた、という話を聞いたことがある。知り合いの医者がそのあとの患者を治療したそうだ。そういう話が、二、三あってな、噂になったのだ」

「ほう、診立て違いとは、腕が悪いということか」

「ああ、問い詰めた医者によると、悪いというよりも、人を診たことがなかったらしい。書物で学んだだけで、それほど修業を積まなかったのだろう。まあ、そういう医者は珍しくないからな」

医者は師について学び、修業をするのが普通だが、それをしない者もいる。特にどこかから許しなどを得る必要もなく、自ら名乗れば医者になれるのが実状だ。

「ふむ、だが、そういう者はほとんどは評判が悪く、長くは続かないものだ。そうか、山県大弐もそれで医者をやめたのか」

「そうだろうな、どこかの大名家に仕官したとかいう話を聞いたぞ。そちらのほうが、性に合っていたろう。元はれっきとした武士だったという話だからな」

「そうなのか」

うむ、と正吾は立ち上がった。

「茶を入れさせよう」

奥へ行くと、「おうい」と声を投げる。「はい」という女の声が返る。

すぐに盆を持った女房がやって来た。

「これは加門様、ようこそ」

「いや、邪魔をします」

女房は襷《たすき》をかけたままであることに気づき、「まあ」とあわててそれを取る。

「すみません、晒《さらし》を洗っていたものですから」

「ああ、いや、よいのです、どうぞお戻りください」

加門の笑みに、会釈をして戻って行く。

「相変わらずよく助けてくれているのだな」

「ああ、働き者で助かる。我らのような町医者は、大した稼ぎがないからな」

ははは、と笑う。加門は「そうか」と頷いた。

「おまけに評判が悪ければ、やっていけるはずはないな」

「ああ、山県大弐のことか」

「そうだ、で、武士だったというのは真《まこと》なのか」

「そう聞いたぞ、医者仲間の話だがな、当人から聞いたということだ。父親は甲州《こうしゅう》で役人をしていたそうだ」

「甲州か、ならば幕臣だな」

甲州は徳川家の直領《じきりょう》であり、そこで働くのは公儀の役人となる。

「そういうことだな、しかし、家が改易《かいえき》されたそうだ」

「改易」

「ああ」正吾が小声になる。

「なんでも弟が人を殺したそうだ、で、お家取《と》り潰《つぶ》し……で、浪人になったと」

「なんと……」

加門は口を結んだ。

それで江戸に出て来たというわけか。そこでとりあえず医者になった、が、やっていけずに仕官をした……。そう得心しながら、加門は茶を啜《すす》った。

「なるほどな、腑《ふ》に落ちた」

ふうん、と正吾は首を傾げる。

「して、山県大弐がどうかしたのか」

「ああ、いや」加門はためらいつつ、口を開く。

「仕官先は辞めたそうだ。で、私塾を開いて人を集めているらしいのだ。それで、どういうお人なのか、医者だったのならなにか知っているか、と人に問われたのだ。が、わたしは医者仲間などいないから答えられん。そこではたと、そなたに聞こうと、思いついたわけだ」

「ふむ、なるほどな。しかし、話といってもこれ以上は出ないぞ、あとはわからん」

「ああ、じゅうぶんだ。聞かれたお人にも、これで答えられる、ありがとう」

加門が、笑みで頷くと、

「そうか」正吾も笑顔になる。

「ならば、せっかく来たんだ、庭を見て行ってくれ。薬草を植えたのだ」

立ち上がった正吾に、加門も続く。

小さな庭で、息子が薬草を広げ、弟や妹もそれを手伝っている。片隅では、女房が晒を干していた。

六

朝の身支度を調《ととの》えていると、「加門」という声とともに、足音が駆けて来た。

「ああ、加門、来てちょうだい」

母の光代が障子を開けた。

これほど引きつった顔は、見たことがない。

「なんです」

すでに走り出した母のあとに、加門も続く。

駆け込んだのは父母の居室だ。

布団にはまだ父の友右衛門が寝ている。

横にしゃがんだ母は、父を揺すって、

「旦那様」

と、大声をかける。

加門は素早くその横に並んだ。

「父上」

声をかけるが、父の瞼《まぶた》は動かない。

母は震える声で、

「寝ているのだと思って、朝餉《あさげ》の支度をしていたの。いつもなら庭に出るのに、出て来ないので見に来たのよ、なのに、起きないの」

そう話しながら、加門と父を交互に見る。

加門は父の鼻に手をかざした。弱いが息はある。その手を首に移し、脈を探った。

歪めた目を向ける母に、加門は抑えた声で答えた。

「おそらく中風《ちゅうふう》（脳卒中《のうそっちゅう》）です。寝ているあいだに起こったのでしょう」

わよね」

「中風……それ……それは……吉宗公もされた病よね、助かって、でも、亡くなった

吉宗は中風で倒れたものの回復し、歩きまわれるほどに元気も取り戻した。が、のちに再び倒れ、そのときには再び目を覚ますことがなかった。

加門はゆっくりと頷く。

「目を覚ますかどうかは、まだわかりません」

「覚まさなければ、どうなるのです」

母の揺れる声に、加門は小さく首を振った。

「そのときは、覚悟しなければなりません」

母の息を呑む音が鳴った。唾を呑み込みなら、夫の顔を見つめる。

「母上」

廊下から声が上がった。千秋が覗き込んでいる。

「ま、あの……どうかなさったのですか」

おずおずと入って来る妻に、加門は横に来るように目顔で示す。

座った千秋に、加門は母にしたのと同じ説明をした。

「まあ……」

目と口を大きく開けて、千秋も父を見つめた。

「一応、鍼《はり》を打ってみる」

加門は千秋を見る。

「そなたは子らに飯を食わせてくれ。父のことは言わなくていい」

「は、はい」

千秋は廊下へと出て行った。

部屋から鍼を持って来た加門は、父の身体にそっと打った。以前、医学所で習ったとおりに、腧《つぼ》を探《さぐ》って打つ。母はその手を見つめていた。

が、父の顔は変わらない。

「しばらく待ちましょう」

加門の言葉に、母はやっと大きな息を吐いた。

外から、風の音が聞こえてくる。十月に入り、すでに北風に変わっていた。

加門は再び首に触れた。脈は弱い。これは厳しいな……。

静かな部屋に、戸の開く音がして息子の草助《そうすけ》が出て行くのがわかった。道場へ行くのだろう。続いて小さな足音も出ていった。長女の鈴《すず》だ。御庭番の御用屋敷には、読み書きを教える家があり、子供らはそこに通っている。

千秋の声が聞こえる。次女の千江《ちえ》の相手をしているらしい。

母が静かに口を開いた。

「取り乱してしまいましたね、武士の妻とあろう者が」

「いや、誰でもそうなります。わたしだって、医術を学んでいなかったら、今頃、見苦しく大あわてをしているでしょう」

母は傍らの息子を見上げ、ふっと微笑んだ。

「覚悟はできました。旦那様は以前から言っておられましたからね、自分が先に逝《い》くから、抜け駆けはするよな、と」

「そうなのですか」

「ええ、置いて行かれるのはいやなのですって。なので、こうして先に逝くことにしたのでしょう。わたくしとて、いつ、どうなるかわかりませんからね」

穏やかに笑んで、母は加門を見た。

「そなたは朝餉をすませてきなさい。わたくしが付いているから大丈夫」

加門は頷いて、立ち上がった。


夕刻。

加門は子供らを父の枕元に集めた。

「お爺《じじ》様はどうされたのですか」

草助の問いに、加門は三人の子を順に見た。

「お爺様はもう目を覚まさないかもしれない」

「死ぬのですか」

鈴が目を丸くする。

「そうかもしれない」

「いやです」鈴が友右衛門の肩を揺する。

「お爺様、死んではなりません、だめです」

「お爺様」

千江も泣き出す。

加門はそっと子らの肩をつかんだ。

「引き留めてはいけないよ、心残りを作ってしまうからね。それよりもお礼を言いなさい。気持ちよく旅立てるように」

「でも、でも……」

涙で濡れた顔を、鈴は振る。

草助は、ぐっと拳《こぶし》を握った。

「父上は医術を学ばれたのでしょう、なんとかできないのですか」

「これ」

千秋が睨む。

加門は穏やかに草助を見た。

「命は必ず終わる。彼岸《ひがん》へ旅立つのは悪いことではない」

「ひ、がん……」

鈴は赤い目で父を見上げる。

「そう、彼《か》の岸だ。この現世《うつしよ》は此《こ》の岸で此岸《しがん》という。命を全《まっと》うしたら、此岸から彼岸へと渡ることになっているのだ」

「旅」

と、つぶやいて、草助がまっすぐな目を父に向けた。

「ええ、そう」光代が孫らを見る。

「お彼岸のほうが、ずっとよい所なのよ」

「そうね」千秋も頷いた。

「わたくしも聞いたことがあるわ、お花がたくさん咲いていて、明るくて気持ちのよい所なのですって。わたくしたちもいずれあちらに行って、また会えるのですよ」

鈴が口を歪ませた。

「なれど、まだお別れしたくありません。海を見に連れて行ってくださると、約束したのです」

草助が妹の肩にそっと手を置いた。

「わたしが連れて行ってやろう。お爺様を責めるでないぞ」

鈴が泣き声を放つ。

皆がそれぞれに、父に言葉をかけた。

「まあ、なれど」光代は涙を拭く。

「すぐに死ぬと決まったわけではありません。皆は、きちんと夕餉を食うて寝なさい。でないと、お爺様に叱られますよ」

子供らは「はい」と頷く。

光代は笑顔で皆を見送り、そのまま枕元に残った。

皆、言葉のないまま、夕餉の膳につく。

しゃくり上げながらも、鈴は箸を動かした。

味のしない湯漬けを啜《すす》りながら、加門はふと耳をそばだてた。抑えた嗚咽《おえつ》が、微かに耳に届いた。

逝かれたか……。箸を置こうとして、その手を止めた。

いや、しばらくはお二人にしておこう……。加門はそっと目を閉じた。


十月二十五日。

父の三七日《みなのか》も過ぎ、宮地家には落ち着きが戻っていた。

「戻ったぞ」

加門が勢いよく戸を開ける。

「まあ、お帰りなさいませ」

千秋が迎えに出ると、母も続いた。

「あら、早いですね」

「はい、よい知らせがあるのです」加門は笑顔になった。

「上様にお世継ぎが生まれたのです」

「まあ」

二人の女の声が揃う。

「では、於知保の方様が」

千秋の笑みに、

「うむ、そうだ、元気な男子をお産みなされた」

「まあまあ」母も目を細める。

「おめでたいこと」

「はい、お城は喜びに沸いています」

加門は城を振り返った。

「まあ、喪中《もちゅう》でなければお赤飯を炊《た》きたいくらい」

千秋は手を合わせる。

「うむ、どうだ、やはり男子が生まれればうれしいだろう」

「ええ、それは跡継ぎはおめでたいですわ、なれど、わたくしはお方様がさぞ安堵《あんど》されただろうと、それを思うともっとうれしいのです」

「ええ、そうね」母も満面の笑みを見せる。

「御台様も大奥の皆様も、心から安心されたでしょう、いえ、よいわ、お赤飯を炊きましょう」

光代が嫁の肩を叩く。

「え、なれど」

顔を窺う千秋に、加門も頷いた。

「よいだろう、父上も彼岸で喜ばれているに違いない、ご仏前にお供えしようじゃないか」

「まあ、そうですね」

「さあ、では、作りますよ」

女二人が台所へ向って行く。

加門は腕を開いて、息を吸った。


さらに十二月十九日。

於品の方が、やはり男児を産んだ。

竹千代《たけちよ》と名付けられた長男は、すくすくと育っており、次男には貞次郎《ていじろう》という名がつけられた。

加門がそれを知らせると、宮地家はまた喜びに沸いた。

母の光代は庭を指さして、加門を振り向く。

「決めました、わたくしは庭に花を植えます。旦那様にお供えできますからね」

「ああ、いいですね」

「ええ、わたくしはまだまだ生きることにしました」

母は胸を張った。


年明けて宝暦十三年。

宮地家の三月の庭に、花がつぎつぎと咲いた。水仙《すいせん》に小菊《こぎく》や木瓜《ぼけ》と、色とりどりの花が開いていく。

この月、貞次郎の死去が知らされた。三箇月ほどの命だった。

「そう」

加門から知らされて、光代は庭にしゃがんだ。

花を摘みながら、光代は空を仰ぐ。

「命というのは、はかないのか強いのか、わからないものね」

加門も黙って空を見る。

母は「なれど」と立ち上がった。

「命は増やせますからね、次は立葵《たちあおい》を植えますよ、それに桔梗《ききょう》も竜胆《りんどう》も」

春から夏、そして秋へと、花は増え続けた。

宝暦十三年は、そうして過ぎていった。

第三章　付け焼き刃

一

宝暦十四年二月二十七日。

加門は人をかき分けながら江戸の町を歩いていた。江戸の町は普段から人が多く、にぎわっているが、それとは比ぶべくもない人が道にあふれている。

加門は道の先から聞こえてくる笛や鉦《かね》、太鼓《たいこ》の音に首を伸ばした。人々も皆、つま先立ちになる。

大きな旗が見えて来た。

朝鮮通信使《ちようせんつうしんし》の行列だ。

楽器を鳴らしながら、行列が近づいて来る。

人々は押し合いながら、首を伸ばす。

色鮮やかな衣装を身につけて旗や幟《のぼり》を掲げる者や、楽器を奏《かな》でる者らが先を歩く。そのあとに続く高官は輿《こし》に乗り、それを大勢の男達が担いでいる。輿は何基かあり、長い行列が続いていく。役人や文官、武官、そして医官や楽人、それらに付き従う家来らは、総勢五百人ほどにもなる。さらに、行列の警護には、対馬藩《つしまはん》から千五百人もの藩士が付いていた。

加門は辺りを見まわした。

朝鮮通信使を見るさいには、作法を言い渡されている。橋の上や窓の二階から見下ろしてはいけない、指を指したり笑ったりしてはならない、などというお触れだ。無作法や狼藉《ろうぜき》などで、これまでになんども諍《いさか》いが起きたためだ。

加門ら御庭番は、そうした見張りのために、町に出て来ていた。

行列の進行に、加門も付いて進む。

物見高い人々は、大騒ぎをしながら、道の両側に人垣を作っていく。

朝鮮通信使が来るのは何十年かに一度だ。将軍が代わったさいに、その祝賀として来るのが通例になっている。この行列も家治が将軍を継いだことを祝うための来日だ。

行列が来るたびに、江戸の町は大にぎわいになる。普段は見ない異国の風物に触れるのは、江戸っ子のみならず、近隣の人々にも楽しみになっているためだ。

「おい、押すなよ」

「しょうがねえだろ、うしろが押すんだからよ」

男達が言い合う。

「ちょいと見なよ、帽子《ぼうし》にきれいな飾りが付いているよ」

「ありゃ、孔雀《くじゃく》ってぇ鳥の羽なんだってさ」

女達も目を丸くして覗く。

加門は人垣から下がって、行列を見守った。進んで行く行列を、皆、追うようにして付いて行く。

人が薄くなった所から、加門は列の終わりを眺めた。

多くの馬と人が、荷物を運んでいる。男らは日本の百姓だ。

ずいぶんと多いな……。加門はぞろぞろと付いて行く人と馬を見やった。

公儀の行列や道中には、宿場ごとに人と馬が貸し出される。伝馬《てんま》と呼ばれるこの仕組みは、足利将軍《あしかがしょうぐん》の頃から続いているものだ。

徳川の世になってからは、参勤交代《さんきんこうたい》などもあって街道の行き来が増え、伝馬は助郷《すけごう》と呼ばれる役目になった。宿場ごとに周辺の村から人と馬を出すことが決められたのだ。さらに、大きな行列が通るさいには、増助郷《ましすけごう》の御下命が出され、人も馬も増やされる。もし、人馬を出せないときには、代わりに金を支払う仕組みだ。

加門は行列に付いて歩き出した。

道には人が増え続けている。

おや、と加門は人垣の隅に目を留めた。

若者が二人並んでいる。宮地家と田沼家の長男だ。

去年、二人とも元服し、草助は草太郎《そうたろう》に、意次の長男龍助《りゅうのすけ》は意知《おきとも》と名を変えた。

剣術道場も学問所もともに通い、仲がいい。

加門は目細め、二人を横目に通り過ぎた。

しばらく行くと、また目が留まった。

母の光代と妻の千秋、そして鈴と千江の娘らもいた。千江は爪先立《つまさきだ》ちをして目を丸くしている。女四人、それぞれが笑顔を交わし合っている。

行列は城へと続く道を進んで行く。

人々の楽しげなざわめきも続いていた。

「こぉんなに、大きな鉦を打っていたのですよ」

鈴が両手を広げて、腰を浮かせる。

「ガシャーンって鳴ってました」

千江も笑顔で言う。

夕餉の膳を囲みながら、宮地家は昼間見た朝鮮通信使のことを口々に話す。

「また見られるなんて」母の光代も微笑む。

「家重様のお祝いで来たとき、珍しいものが見られて冥土《めいど》への土産話《みやげばなし》ができたと喜んだものです。まさか、もう一度見られるとは思っていませんでしたよ」

千秋も頷く。

「はい、やはり異国の行列は面白うございますね」

「大きな太鼓も打っていたのですよ、父上」

鈴の笑顔に加門は微笑む。

「そうか、父も音を聞いたぞ。大きな音だったな」

「はい、次はいつ来るのですか」

無邪気な言葉に、大人達は顔を見合わせる。光代が微笑み、

「まだまだ、ずうっと先よ。さすがにわたくしは次は見られないわ、人魚《にんぎょ》の肉でも食べない限り」

と言うと、千江が顔を見上げた。

「お婆様、人魚の肉ってなんですか」

「まあまあ、お話ですよ」千秋が苦笑する。

「海には魚の尾を持つけれど身体は人、という生き物がいて、それを人魚というの。その肉を食べると歳をとらないし死なない、というお話があるのよ。でも、真《まこと》のことではないの」

「ええっ」鈴が身を乗り出す。

「なれど、そういうお話があるのなら、いるかもしれないのでしょう。わたし、お婆様に食べていただきたい」

「あらあら、うれしいこと」光代は身を反らして笑う。

「では、今度、海に探しに行きましょう」

「母上」加門も苦笑する。

「鈴と千江は本気にしますよ」

ほほほ、と笑う母に、千秋もつられつつ、「さあ」と娘らを見た。

「もう、食べ終わったわね、片付けますよ」

「はい」

女達は片付けをはじめる。

残った加門に草太郎は、小声で問いかけた。

「父上、通信使の行列を見て意知殿とも話したのですが、ずいぶんと物入りだったのではないですか。ああした行列の費用は朝鮮が持つのですか、それとも御公儀が担うのですか」

「ふむ、朝鮮もそれなりに使ってはいるだろうが、こちらに来てからのもろもろは御公儀が負うているのだ」

「やはり……ずいぶんな出費でしょうね。どのように捻出《ねんしゅつ》するのですか」

真剣な面持ちで問う息子を、加門は目を細めて見る。

「こたびは東海道《とうかいどう》と中山道《なかせんどう》に増助郷が課されたのだ」

「中山道……東海道は通信使が通って来た道ですけど、中山道は通っていないのではないですか。伝馬役を出させる必要があるのですか」

「うむ」加門は苦い笑いを口元に浮かべる。

「普段、伝馬を出しているのは、宿場の周辺の村々だ。が、増助郷はずっと離れた村にまで課される。遠い宿場まで人や馬を出していては、百姓衆は田畑の仕事ができなくなろう。ゆえに、ほとんどは人馬を出す代わりに金で払うのだ。以前は大した額ではなかったのが、こたびは村高百石につき三両一分二朱、課したそうだ」

「それは、安くはない額ですね。なるほど、それゆえに中山道にまで増助郷を課したのですね。中山道は宿場が多いし、ほかの街道よりは豊かゆえ、課役を増せば税を集めやすい、と」

「うむ、そういうことだ」

頷く父に、息子は神妙な面持ちで、

「なるほど、そうして工面《くめん》するのですか、付け焼き刃のような気もしますが……なれば、来年もそうするのでしょうか」

「来年、とは」

「意知殿が話していました、来年は家康公の百五十回忌にあたるため、日光への社参《しやさん》が行われるのだと。たいそうな行列になるのでしょう」

「ふうむ、そのことか」加門は口を歪めた。

「確かに、上様はじめ、お城から多くの人らが行くことになる。たいそうな出費となるだろうな。それは勘定方《かんじようがた》と老中方が、考えておられるはずだ」

「そうですか」

草太郎はつぶやく。と、背筋を伸ばして、改めて父の顔を見た。

「話は違うのですが、実は父上にお願いがあるのです」

「む、なんだ」

加門も姿勢を改めると、草太郎は拳を握った。

「わたしも元服しましたし、いずれは御庭番の見習いとしてお城に上がることになりますよね」

「うむ、そうだな」

御庭番は家督を継ぐまで、しばらく見習いをするのが倣《なら》いだ。

「それまでのあいだ、医学所で学びたいのです」

「医学所……そなた、医術に関心があるのか」

そういえば、と加門は思い出す。子供の頃から祖父の友右衛門に、薬草の干し方や煎じ方を習っていたな……。

「もともと、学びたい気持ちはありました。それに……御爺様が倒れられたあと、強く思うたのです」

黙って見つめる父に、息子は目を伏せた。

「あのとき、父上は平静を保っておられたので、冷たいと感じました。されど、しばらく経ったあと、わかったのです。冷たいのではなく、病をよく知るゆえに、平静でいられたのだ、と」草太郎は顔を上げる。

「よく知ることが大事なのだ、と思ったのです」

ふうむ、と加門は息子を見つめた。

「医術を知れば確かに役に立つ。だが、助けられぬこともあるし、つらい思いもする。それは覚悟があるか」

「はい。このまま年を経て、あのとき学んでおけばよかった、と悔《く》いることのほうがつらい気がします」

「ふむ、そうさな、機は一時《いっとき》のもの、それを逃せば悔いは長く残る。よし、では折を見て、海応先生に頼んでみよう」

「ありがとうございます」

草太郎は神妙だった顔を、やっとほころばせた。

しかし、と加門は笑みを返さなかった。若い時期には、その場での思いつきに駆られやすい……。

しばしの間を置いて、加門は「気持ちは変わっていないか」と、二度、問うてみた。

「変わりません」

草太郎のきっぱりとした返事に、加門は「そうか」と頷いた。

二

四月。医学所の奥の部屋で、加門と草太郎は海応と向き合った。

「ほう、そうか」

海応は大きな眼《まなこ》で草太郎を見た。

加門は横目で見つめると、草太郎が唾を呑み込むのがわかった。

「よいぞ、医術を学びたいというなら、通《かよ》えばよい」

「よいのですか」

身を乗り出す草太郎に、海応は笑顔で頷く。

「加門の倅《せがれ》を断ったりなどするものか。都合がつけばいつからでもよいぞ」

「あ、では、さっそく今日からでも」

「ほっ、気の早いことだ。じゃが、今日の講義はもう終わっておる」

「なれば、なにかお手伝いを」

「ふうむ、そうさな、では薬園の草むしりでもしてもらおうかの」

「はい」

立ち上がる草太郎を加門は丸い目で見上げた。

「庭はあちらですね」

出て行く草太郎に海応は、ほっほっと笑う。

「いや、見込みがありそうだ」

「よろしくお願いします」

加門はかしこまって頭を下げた。


医学所を出た加門は、神田《かんだ》へと足を向けた。

去年の宝暦十三年、意次は人参座《にんじんざ》を神田に開かせた。御種人参をここに集め、適正な値で売るための場所だ。それに伴い、田村藍水を公儀の医官として登用もしている。人参の栽培や加工、用法などを教え、広める役を藍水に託《たく》したのだ。

加門は人参座の店を覗いた。薬種問屋や医者などが、干された御種人参を見つくろっている。

薬を多くの人に行き渡らせたい、という意次の言葉を思い出す。やることが早い、と加門は目を細めた。

「やっ、これは」その背中に、声が上がった。

「宮地様ではありませんか」

前にまわり込んできたのは、平賀源内だ。

「おう、これは、源内殿」

「ああ、よかった」源内は両腕を広げる。

「宮地様にお会いしたいと思っていたのですよ、どこに行けば会えるのかわからずに、うろうろしておりました」

「は、それは……なにか用事がおありですか」

「はい、もう、それは重要な用事がありまして、宮地様、以前いっしょにおられた田沼様、かの御側御用取次の主殿頭様とは懇意《こんい》にしておられるのですよね」

「ああ、まあ」

「ちょいとよろしいですか、お聞きいただきたいことが」

源内は加門の袖《そで》を引っ張り、店の外へと連れ出す。と、小声になった。

「実はですね、わたし、すごいものを作ったのです。で、それを公方様に献上《けんじょう》したいと考えておりまして、そのために田沼様にお目通り願いたく、いかがでしょう、宮地様から田沼様に、お口添えをお願いできないでしょうか」

「ほう」加門は源内のくるくる動く目を見て、口元を弛めた。

「すごいものとは、どのようなものなのですか」

源内は顔を寄せて、ささやく。

「燃えない布、なのです。火浣布《かかんぷ》と名付けたんですがね、なにしろ素材が石なものなのですから、火の中に放り込んでも燃えません」

へえ、と加門は目を見開いた。これは意次も関心を持つに違いない……。

「それは面白そうだ、わたしも見たい。わかりました、では、いっしょに屋敷に行きましょう。今日はどうです、夕刻になれば下城されるはず」

「え、今日……やや、はい、今日、けっこう。では、火浣布を取って来ます」

「では、申《さる》の下刻《げこく》(五時)に、呉服橋御門の前で」

「はい、ありがとうございます、ではでは、のちほどに」

源内は飛び跳ねるように、踵を返すと、走り去って行った。


田沼家上屋敷。

「来ていたのか、待たせたな」

下城した意次は、着替えをすませてすぐにやって来た。

「いや、ご都合も問わずに失礼を」

加門は源内の手前、かしこまって礼をする。

「いや、楽に」意次は笑顔で二人を見る。

「源内殿は久しぶりですな」

「はっ、お目にかかれて恐悦《きょうえつ》です」

源内は前に置いた風呂敷包みを手に取った。

加門は昼間、聞いた話を意次に伝える。

「ほう、燃えない布とは」

身を乗り出す意次に、源内は膝行して、包みを開いた。

加門も寄って、覗き込む。

現れたのは、四角い三寸《さんずん》四方《しほう》ほどの織物だ。

「触ってもよいですかな」

意次の言葉に、「はっ」と源内は手に取って渡す。

「ふうむ、固い」

意次はそれを加門に手渡した。

「うむ、石から作ったと言いましたよね、どのような石なのですか」

加門は源内に返しながら問う。

「はい、石綿《いしわた》というものでして、石でありながら非常に細い針のようなものが集まってできているのです。手で分けることもできますし、こうして織ることもできるわけでして、いや、織るのはなかなか手間でして、まず薄く伸ばすことからはじめるのです。一本一本が鋭いものですから、手に刺さって痛みを覚えるようなこともあり……」

源内は滔々《とう》と説明する。

「ほう」意次は感心して耳を傾ける。

「なるほど、わかりました、石ゆえに燃えぬ、というのも腑に落ちました」

「はい、たとえ油や墨が付いても、火に入れれば汚れは焼け落ち、布はきれいになって残るという仕組みでして、火で浣《あら》うがごとく、ということで火浣布と名付けたのです」

「そういうことですか」

加門も感心して、鼻をふくらませた源内を見る。

源内は改めて火浣布を掲げた。

「これは我が国のみならず、唐土《もろこし》や天竺《てんじく》、紅毛《こうもう》にもない、初の織物、これをぜひ、将軍様に献上いたしたく、こうして伺った次第です。田沼様、いかがでしょうか」

「ふむ、実に面白い、わたしから公方様にお渡ししましょう」

「ははっ、ありがたきこと」

源内は頭を下げる。

意次はしみじみとその源内を見た。

「田村藍水殿の弟子でしたな。田村殿は医官として二百石の禄を得ています。どうです、源内殿も医官になりませんか。わたしはこの先、医学館も作ろうと考えているのです。医学は人にとって、大事なものですからな。いや、田沼家の家臣ということでもよい」

源内が顔を上げた。と、その顔が歪んだ。

「あぁ、いや」と、首を振る。

「それはありがたいお話、御公儀の医官となれれば、さまざまなこともできましょう。田沼様の御家臣というのもうれしいこと。ですが、わたしには叶《かな》わないのです」

「む、叶わないとはどういう……」

加門と意次の怪訝《けげん》な目を受けて、源内は頭を掌で叩いた。

「いや、実はですね、わたしはお国の殿から御勘気《ごかんき》を被《こうむ》りまして……ええ、はじめから話しますと、わたしは国許《くにもと》で家督を継いだのですが、いえ、家督と言っても身分は足軽、役目は蔵番というものでして、大変な仕事じゃあありません。ですが、わたしはもともと本草学を学んで長崎に行ったりもしていたもので、それをもっと極めたいと思い、役目を辞したんです。ここだけの話、病ということにしまして。で、妹に婿《むこ》をとって家督を譲りました」

「ほう、思い切ったことを」

意次が驚くと、源内は「いやあ」と笑顔になった。

「どこにでも行けて、好きなことが学べるというのは、よいことです。で、大坂《おおさか》に出まして、それから江戸に来たんです。いや、さすがお江戸、なんでもあり、すぐれた学者も多い。わたしも存分に学べました。ですが、困ったことに、国の殿様にわたしのことが伝えられ、江戸の上屋敷に呼び出されてしまったのです」

ああ、そうか、と加門は思い出した。高松藩主の松平頼恭《まつだいらよりたか》は本草学や蘭学《らんがく》好きとして知られている。源内の評判を聞いて、呼び戻したのだろう。

源内はよく通る声を抑えめにした。

「で、殿様の命《めい》で再び藩士となり、御薬坊主《おやくぼうず》という役をいただいたのです。国にお戻りになるさいには随行を命じられましたし、まあ、ほかにも採薬を命じられたりだのいろいろと忙しくなり……ですが、わたしは江戸で暮らしたかったんですよ。なので、お役目を辞したいと願い出たんです」

「ほう」加門は目を見開いた。

「殿様のご信頼を受けた身で、普通であれば、もったいないと思われるでしょうに」

「はあ、ですが、わたしにはそれよりも江戸でやりたいことをやるほうが、大事だったもので。そう申し上げてお暇を願ったところ、お怒りになられました。では、好きにせよ、とお許しはいただいたのですが、仕官お構いとなってしまいました」

「お構いなし、とはならなかったのですか」

「は、お構いです。今後、たとえどの家であっても仕官することはならぬ、と」

源内は苦笑交じりに顔を歪める。

「なるほど」

加門と意次は顔を見合わせた。

「それはしかたがない」

意次の言葉に加門も続ける。

「残念ですね、いや、しかし縛《しば》られないのはいいことかもしれない」

「はい」源内は頷く。

「禄も身分もないのは心許ないようですが、なに、その分、気儘《きまま》です。この火浣布も秩父《ちちぶ》に行ったからこそ、できたんです」

「ほう、秩父ですか」

「ええ、秩父の両神山《りょうかみさん》という山で、石綿を見つけたんですよ。この両神山というのは天辺《てっぺん》がぎざぎざした山でして……」

源内の話は山へと移る。

加門と意次は、そのなめらかな言葉に引き込まれていった。


十日ほどのち。

加門は夕刻、そっと意次の部屋を訪ねた。

「いるか」

「おう、入ってくれ」

意次は向かっていた文机《ふづくえ》から、身体をまわした。

「いや、大した用事ではないのだ。源内殿の火浣布、上様はどうご覧になったか気になったのでな」

「ああ」意次は苦笑する。

「わたしが説明申し上げると、お手にとって、ほう、とご覧になったが、それほど関心は示されなかった」

「そうか、少し残念だな」

「うむ、そもそも上様は将棋と絵を描かれること以外には、あまりお気持ちが向かぬのだ。その二つには熱心であられるのだがな」

「御政道もか」

ささやき声で加門が問うと、意次も同様に頷いた。

「うむ、やはり老中松平様におまかせになっている。ご信頼が篤《あつ》いのはけっこうなことだが」

「西の丸におられた頃から、松平様には気を許されていたのだろう」

「ああ、西の丸下の爺と呼ばれて、親しんでこられたからな」

松平右近衛将監《うこのえのしょうげん》武元の屋敷は西の丸のすぐ外にあるため、家治はそう呼ぶようになっていた。

ふむ、と加門は腕を組む。

「将監様は上様の権勢を笠に着て横暴をなさるようなお方ではないから、障りが出るようなことはないだろうが」

「ああ、そこは心配しておらん。実のあるお方だし、頼りになる。ほかの老中方を引っ張るお力もおありだ」

「ふむ、お城は安泰ということか。なれば宝暦は、このまま無事に終わりそうだな」

この年、元号が変わることが決まっていた。

本来は一月に変わるはずだったのだが、朝鮮通信使が来日していたため、それがすんでからということで延期になっていた。

月が変わり、六月二日。

宝暦から明和《めいわ》へと、時代は変わった。

三

十一月。

加門は田沼家の屋敷に出向いた。

昼間、また〈屋敷に来られたし〉という書き付けを使いから受け取ったためだ。

「おう、待ってたぞ」

着流し姿の意次は、手招きで向かい側を示す。

家臣に膳の用意を命じると、意次は座った加門と間合いを詰めた。

加門は小さく眉を寄せた。膳のために呼んだとは思えない。

「なにか用事か」

「実はな」意次は頷く。

「以前、話したのを覚えているか、大岡様の家臣だった山県大弐のことだ」

「ああ、私塾を開いているのだったな。なにかあったのか」

「うむ、そこに竹内式部の門弟が入り込んでいたのだ」

眉間を狭めた意次に、加門はえっと目を見開いた。

徳川から将軍の座を取り上げ、政を朝廷に返させるべし、と説いた竹内式部はそれを咎められ追放となった。追随した公家らも追放され、弟子らは離散した。

意次は顔を寄せて小声になる。

「熱心な門弟であった者のなかに、藤井直明という男がいたらしいのだ」

「ああ、それは探索に当たった御庭番仲間から聞いた。まさか、その男が山県大弐の塾に入り込んだのか」

「そのようだ。町奉行所の隠密方が、引き続き調べているのだが、藤井右門《うもん》と名乗る男が、その直明だというのだ。当人は、さほどひた隠しにしているわけではなく、塾で話のついでに語ったらしい」

「ううむ、下の名を変えただけならば、察する者がいても不思議はないしな。むしろ、竹内式部の門弟であったことを、誇りたいのかもしれない」

「それは考えられるな」

「して」加門は眉を寄せた。

「その男がなにかしたのか」

「ああいや、そういうわけではない。だが、竹内式部は御公儀に対してかなり強い叛《はん》意《い》をしめしていたからな、その弟子が加わったとなると、山県大弐の姿勢にも変化が生じないとも限らない。これまでよりも注視することになったのだ」

「ううむ、確かに気をつけたほうがよいかもしれないな。その私塾は八丁堀にあるのだったな、一度、わたしがようすを窺ってこようか」

「そうしてくれるか、いや、中に入り込まず、外から見るだけでいい。町奉行の調べも上がって来るのだが、こうなると、直《じか》に見た者からの話が聞きたくなったのだ」

「よし、近日中に見に行ってみよう。どのような者がどのくらい集まっているのか、外から見ても大体はわかるからな」

「ああ、では頼む、そなたの目は確かだからな」

寄せていた顔を離して、意次は目元を弛めた。

廊下に足音が鳴り、人の気配がやって来る。

「殿、御膳をお持ちいたしました」

「うむ、入れ」

二人の家臣が、それぞれの前に膳を置いていく。

きのこ汁の香りが、湯気とともに鼻をくすぐった。

「うむ、うまい」

加門は目を細める。と、その目を意次に向けた。

「そういえば、中山道に増助郷を命じたそうだな、進んでいるのか」

来年の家康公百五十回忌のための日光社参に向けて、城中では準備が進められている。意次も差配を命じられているのは聞いていた。が、税に関して決めるのは勘定方と老中らだ。

「京から送られる日光例幣使《にっこうれいへいし》のため、という名目で助郷を宿場から十里四方に広げた、と聞いたが」

常の助郷は三里四方の村までと決められている。十里となれば、場所によっては山越えも入る距離となる。そこから人や馬を出すのは、相当な難儀を伴うに違いない。

「そうなのだ」意次は顔をしかめた。

「おまけに村高百石につき、人が六人、馬は三頭としたのだ。出せなければ六両二分を支払うこと、という命《めい》だ」

「六両二分」加門は思わず声を上げた。

「それは高すぎるのではないか。そもそも、中山道には朝鮮通信使のさいにも増助郷を命じて、三両あまりを出させたはずだろう」

「うむ。だが、それがうまく集まったために、勘定方は気をよくしたらしい。また、同じように集めればよい、と考えたようだ。わたしも聞いて驚いたのだが、決まったあとのことでもあり、なんともしようがなかった」

「なんと」加門は眉間に皺を刻む。

「再びの付け焼き刃か、上様はそれをお許しになられたのか」

意次も眉を寄せて頷く。

「おそらく、家重様であったなら、ならぬ、と仰せになられただろう。民への情けが熱いお方であったからな。が、上様はお聞きになってあっさりと頷かれた」

「そうか」

加門は息を吐いて、天井を見上げた。

中山道は江戸から武蔵《むさし》、上野《こうずけ》、信濃《しなの》、美濃《みの》、近江《おうみ》という国々を通って京にいたる道だ。六十九の宿場がある。

　確かに、それぞれの宿場から金を集めれば、たいそうな高になるだろう……。

「しかし、村はそれに応じたのか」

「いや、お触れは代官を通じてとうに村に伝えられたはずだが、まだ、徴収《ちょうしゅう》するところまでは進んでいないらしい。どうやら、不満を訴える者も出ているようなのだ」

「ううむ、そうだろうな。ただでさえ、百姓衆には蓄《たくわ》えなどないのだ。税のために金を借りることも普通になっている。従えないと思う者もいるだろう。無事に進めばよいが」

「ああ、わたしも気にかかっているのだ。どうにも、気がかりが増えて困る」

　意次の眉が寄る。

　加門はあえて笑顔を作った。

「まあ、ここで考えてもしかたがない。なにか起きたら、そのときに考えればいい」

「む、そうか」意次の眉間が開いた。

「それもそうだな、起きていないことを案ずるのは、つかめない空をつかもうとするのと同じだ。見えない先よりも、今はこの飯に向き合うとするか」

「おう、それが賢明だ。この卵とじ、うまそうではないか」

加門は笑みを浮かべて、箸を手に取った。

着流しの町人姿で、加門は八丁堀《はっちょうぼり》の辻を曲がった。

海からの船を通すために八町の堀を通したので、八町堀と呼ばれたが、今では八丁堀の名で落ち着いている。近くには町奉行所の組屋敷があり、与力や同心が多く暮らす。そのため、同心は八丁堀とも呼ばれるようになり、町人のあいだではもっぱらの呼び名となっていた。

加門は町家の並ぶ道を、ぶらぶらと歩く。暇な町人という体《てい》だ。

来る途中、四つ（十時）の鐘が鳴るのを聞いていた。私塾が開かれる刻限はわからない。が、昼前後には、少なくとも人が動くだろう、と踏んでいた。

表の道から、加門は脇道に入る。

山県大弐の私塾は住んでいる貸家で開かれている、と意次は報告から得たことを教えてくれた。

表から入って、二つ目の道、右に曲がって稲荷《いなり》の三軒隣……。聞いた内容を思い出しながら、加門はゆっくりと右に曲がった。

稲荷だ……。小さな祠《ほこら》が祀られており、石彫りの狐《きつね》が二体、並んでいる。

一軒、二軒、三軒……。加門は横目で家を見る。

間口《まぐち》は一間、ごくありきたりの二階屋だ。

戸は閉められているが、人の気配はする。耳を澄ませると、男の声が聞こえてきた。言葉は聞き取れないが、一人で話しているのがわかる。講義をしているに違いない。

加門はその前を通り過ぎた。

しばらく周辺を歩き、もう一度、戻る。まだ、話し声が聞こえた。

また前を過ぎると、向かいから黒羽織で着流しの男がやって来た。腰の十手《じって》についた朱房《しゆぶさ》は八丁堀同心の証《あかし》だ。同心は山県大弐の家を横目で見ている。町奉行所でも、気をつけているのだろう。

加門と同心がすれ違う。ちらりと加門を見たものの、横を抜けて行った。浪人か武士であったら、もっと注意を向けられていたはずだ。

よし、だが……。加門は表に出ると、八丁堀から離れた。元吉原《もとよしわら》まで出ると、水茶屋で休みを取った。茶を飲みながら、時の経つのを待つ。

もうそろそろか、と加門は空を見て、立ち上がった。

講義は昼で休みとなるはずだ。

歩くうちに、昼九つ（正午）を知らせる鐘が鳴った。

加門の目の先に、先ほどの家が見えてくる。

戸口が開いた。

加門はそちらに向かって行く。

ぞろぞろと男達の姿が現れた。

やはり浪人が多いな……。加門は目で人々の姿を追う。

おや、藩士だろうか……。加門は目を留めた。身なりの整った武士が出て来た。

どこかの藩士がいても不思議はない。水戸藩《みとはん》などは国学を重視しているし、朝廷を尊崇《そんすう》すべしと堂々と唱えてもいる。

さらに威厳をたたえた年配の武士も現れた。そのあとに、二人の若い武士が続く。

「御家老様」

若い武士の呼びかけに、年配の武士が「うむ」と答える。

家老、そのような人も来ているのか……。加門は耳を澄ませた。いったいどこの御家中の家老なのだろう……。

「うむ、よい話であったであろう」家老は若者に、頷く。

「大義名分《たいぎめいぶん》というのは、臣下の礼を尽くすことだ。よく覚えておくのだぞ」

「はい」

若い武士は素直に従って歩く。

大義名分か……。加門は胸中でつぶやいた。それ自体はよい教えだ。しかし、竹内式部は君を天皇とし、徳川を臣とした。そして、臣が御政道を執ることは不届き、と唱えたのだから、それを是《ぜ》とするわけにはいかない……。

加門は聞いた話を思い出しながら、三人のうしろを歩く。

山県大弐も同じ説を唱えているとは限らないが、確かに、注視は必要だ……。

三人は表の道に出ると、京橋《きょうばし》の方向に歩き出した。

どこの家臣なのか、確かめよう……。加門も、間合いをとって付いて行く。

にぎわう町を進み、三人は城へと近づいて行く。道の先には外濠《そとぼり》があり、橋を渡れば鍛冶橋御門《かじばしごもん》だ。

三人は橋を渡りはじめた。

しまった、と加門は己の姿を見た。

御門を通るには手形を見せねばならない。藩士や幕臣は皆、持っている物だが、町人は御用や大名屋敷の出入りがある者だけが支給される。

町人姿の今、加門は手形を持っていなかった。

三人は御門の中に入って行く。

ええい、と加門も橋を渡りはじめた。

御門の門番が加門をうさんくさそうに見た。手ぶらで気安い着流し姿では、商人にも見えないはずだ。

「待て」

門番が前をふさいだ。

止められた加門は、御門を抜けて行く三人の背中を見た。

「手形を見せろ」

手を差し出す門番に、加門は半歩、身を寄せて言った。

「御庭番宮地加門、御用である」

あ、と門番は身を引いた。

「御無礼を」

「通る」

加門は素早く御門を抜けた。

濠の内側は、大名屋敷が並ぶ広々とした場所だ。

見まわすと、三人の姿が見つけられた。

加門は道の端に寄ると、そっと目で姿を追った。町中では目立たない町人姿が、ここでは目立ってしまう。

三人はある屋敷へと入って行った。

左、三件目の屋敷か……。加門は位置を頭に刻み込む。どこの大名家だ……。

四

数日後。

田沼家の屋敷で、加門は主の帰りを待った。

やがて、足音が近づいて、障子が開いた。

「おう、加門、来てくれていたのか、すまん」

早速向かい合うと、加門は「実はな」と口を開いた。

山県大弐の私塾を窺った件を話す。

「その三人が入って行った屋敷、調べたら小幡藩《おばたはん》の上屋敷であることがわかったのだ」

「小幡藩……」意次が身を反らし、戻した。

「やはりそうか、いや実は、町奉行からもその報告が上がってきたのだ。小幡藩の家老吉田玄蕃《よしだげんば》と家臣らが出入りしていると。まさか家老が、とも思ったのだが、いや、そなたが調べたのなら間違いはないな」

「そうだったか」

加門は腕を組む。

小幡藩は上野国にある二万石の藩だ。大きくはないが、立藩《りっぱん》した藩主が織田信長《おだのぶなが》の孫である織田信良《のぶよし》であり、その後も織田家があとを継いでいるため、小国ながら藩主は四位という官位を与えられ国主の扱いを受けている。

「藩主の織田信邦《のぶくに》殿は、家督を継いだばかりであったな」

加門の問いに、意次も頷く。

「うむ、七代藩主を七月に継いで、八月には上様にお目通りも許されたばかりだ。その吉田という家老は、信邦殿が新たに任命したらしい」

「そうか、なれば信邦殿も山県大弐の考えを支持しているのだろうか」

ううむ、と意次は首をひねる。

「そのあたりは軽々《けいけい》に判ずることはできまいな。相手が大名となると、監査するのは大目付《おおめつけ》だ。このこと、いずれ大目付に伝えて、調べるように進言しよう。時はかかるであろうがな」

「そうだな」

加門は北の方角に目を向けた。中山道が通る上野は、武蔵と信濃に挟まれた辺りだ。

「思いのほか」意次がつぶやく。

「山県大弐の門弟は多いようだ。老中方もはじめの頃はさほど気に留めておられなかったが、最近は見過ごしにはできぬ、と見方が変わってきている」

「うむ、私塾も思っていたよりも盛んなようすだった。やはり浪人が多く集まっていたがな」

「そうか、ただ学ぶだけならいいのだがな」

二人は顔を見合わせる。

その短い静寂に、「殿」と声がかかった。

「うむ、よい、入れ」

「はっ」

障子を開けた家臣が、礼をする。

「意誠様がお越しです」

「意誠が、そうか、ここへ通してくれ」

ああでは、と加門は腰を浮かせた。兄弟でなにか話があるのだろう……。

「いや、せっかくだ、会って行ってくれ」

引き留める意次に、腰を戻すと、意誠が入って来た。

「ああ、これは加門殿、お見えでしたか」

「うむ、久しぶりだな、変わりはなさそうだ」

「はい、加門殿もお変わりなく」

意誠が横に座ったのと同時に加門は再び腰を上げる。

「では、わたしはこれで」

え、と意誠は加門を見上げ、しばし、黙ってから口を開いた。

「あ、いや、これは加門殿にも聞いていただいたほうがよいかもしれません」

む、と意次は首を傾げる。

「どうした、城中のことか」

意次は加門に手を振って、腰を戻すように示す。

加門は浮かせた腰を戻して、意誠を見た。

意誠は兄を見つめる。

「実は、我が屋敷に伊達家《だてけ》の使いが来たのです」

「伊達家とは、仙台藩主《せんだいはんしゅ》のか」

「はい。わたしの留守中、何度も訪ねてきたというので、会ってみたのです。そうしたところ……」

「あっ」と意次は声を上げた。

「わかった、重村《しげむら》殿の頼み事であろう」

加門も、そうか、と頷いた。

仙台藩主の伊達家は、昔から同格と見ている薩摩《さつま》藩主《はんしゅ》の島津《しまづ》家に対抗心を持っている。官位にもこだわり、島津家の官位が先に上がれば、伊達家は同格になるべく御公儀に働きかけた。

今の仙台藩主、伊達重村はまだ二十三歳と若い。負けず嫌いで、競う気持ちが強い人柄、という話が公儀にも伝わって来ていた。

この十一月十三日、島津重豪《しげひで》はこれまでの従四位下《じゅしいのげ》、左近衛少将《さこのえのしょうしょう》から、従四位上、左近衛中将に昇格していた。が、伊達重村は従四位下左近衛少将のままだ。

「ふむ」意次は眉を寄せた。

「確か、島津重豪殿は伊達重村殿より、三歳下であったな。年下に負けたと思うと、よけいに口惜《くや》しいのであろう。しかし、薩摩藩は功績あっての昇格……」

意次の眼差しを受けて、加門は頷いた。

「あの普請《ふしん》は大変な仕事……昇格は当然のこと」

宝暦四年から五年にかけて、美濃《みの》の河口に集まる三川《さんせん》の堤《つつみ》を築く普請を、公儀は薩摩藩に命じた。木曽川《きそがわ》をはじめ、山から流れてくる川は氾濫《はんらん》が多く、長年にわたって周囲の村々を呑み込んできた。その被害を減らそうと、家重が命じたのが長く頑健な堤を築くことだった。

が、普請のあいだも氾濫が続き、さらに病に倒れる者も多く、命を落とす薩摩藩士が相次いだ。多額の借財を抱えつつ、それでも薩摩藩は川普請の大役をやり遂《と》げたのだ。加門は、その普請の場に赴き、つぶさにその困難を見ていた。

意誠も同じように頷いた。

「わたしもそのことを告げたのです。ですが、使いの藩士は、殿の御意向ゆえ、というばかりで引こうとはしませんでした。なんとしても、島津家と同じ官位を授けてほしい、とはっきりと言うのです」

加門は城中で何度か見かけた伊達重村の姿を思い出した。

力強い歩き方、大ぶりな動作、大きな声の早口は、いかにも短気で負けん気の強さが見てとれた。

「それをそなたに頼んだのか」

意次の問いに、意誠は顔を歪める。

「わたしも頼まれましたが、なによりも、兄上にお願いしたがっているのです。なんとか兄上にお目通りしたいので、お口添えと、頭を下げられました」

「なんと、とんだ心得違いだ」

「はい、心得違いは甚《はなは》だしく、菓子折《かしおり》を置いて行ったのですが、あとで開いてみたところ、中は小判でした」

は、と意次の声があきれたように洩れる。

加門も顎を上げて、目を丸くする。

「おまけに」意誠は眉間を狭める。

「その使いは、こう言うたのです。老中松平将監様にもお願いをいたしている、と。いくどか通ってお目通りいただいたそうですが、今後は目立たぬように、夜、暮れてから来るように、と言われたそうです。同じようにいたしますから、と言われて、わたしは言葉をなくしました」

「なんと……」意次は溜息を吐いた。

「いや、松平様がどうなさろうとそれはよいのだが……」

「さらに」意誠が続ける。

「大奥にもお願いに上がったそうです」

「大奥に」

加門の声に意次の声も重なった。

意誠の顔には苦笑が浮かびはじめた。

「はい、大奥のどなたにお願いしたかは申しませんでしたが」

「ふうむ、大奥となれば、松島様か高岳様であろうな。なんともなりふり構わぬ所業、子供じみてさえおる」

意次も失笑気味になる。

加門は溜息を吐いた。

「官位を金で買おうというようなものだ。国許とて、財があまっているわけではあるまいに。いや、そもそも、以前、続いた大飢饉《だいききん》で財政は逼迫《ひっぱく》し、未だ立て直しはできていないはず」

宝暦四年から七年にかけて、仙台藩や隣接する南部藩《なんぶはん》周辺では、米の不作による飢饉が起きた。三年に及んだ不作によって、数万人の餓死者《がししゃ》が出たほどの飢饉だった。

「うむ、ただでさえ民は苦しんでいるというのに、国主としてはあるまじき振る舞いだ」意次はそう言いながら、意誠を見た。

「して、そなたは口利きを頼まれて困っておるわけだな。ああ、それは断れ、来るに及ばず、と伝えてくれ」

「はい」

意誠はほっとした顔で頷いた。

「わたしからも書状を出しておく。用件があれば書面で寄越すようにと。されば、あきらめるであろう」

意次は首を振る。

加門は兄弟二人の顔をそっと見た。権勢が高まれば、それに与《あずか》ろうとする者らが寄って来る、ということか、それはそれで苦労だな……。

意次は気を取り直したように、背筋を伸ばした。

「久しぶりに三人で飲もう。誰かあるか」

廊下に放った声に、すぐに足音が走って来た。

五

江戸城中奥。

使いに呼ばれて、加門は意次の部屋へと出向いた。

部屋にいた意次は強張った顔で、入って来た加門を見上げた。

「近くへ」

その手招きで、加門は間合いを詰めて座る。

身を乗り出して、さらに間合いを詰めた意次は、

「困ったことが起きた」

と、ささやいた。

なんだ、と目顔で問う加門に、意次はそっと口を開く。

「中山道に増助郷を命じた件だ。わたしもあとから聞いたのだが、お触れを出してまもなく、御伝馬のお許しを願うという願い状が、御公儀に出されていたというのだ」

「ふむ、役を課されるほうとしては、免除を願い出るのもうなずける。して、御公儀はどう出たのだ」

「捨て置いたままだというのだ。御上意としてお触れを出したのに、願い状くらいで免除しては御威光に傷がつく、とでも思うているのだろう」

「ふむ、それもまたわからなくはないな」

「ああ、だが、御公儀が一切、聞こうとしないということに、百姓衆は不満を募らせているらしい。一揆《いっき》を起こしかねない動きがある、と代官から知らせが入ったのだ」

「ううむ、やはり、か」

　加門のつぶやきに、意次も頷く。

「三両あまりを徴収したばかりなのに、今度は六両あまりを出せ、と言われれば、素直に応じられるものではあるまい。懸念していたことが、起きてしまったな」

「すでに騒動になりかけているのか」

「そうなりそうな気配がある、というのが代官の見立てだ。どうだ、加門、探索に出向いてくれまいか」

　え、と加門は小首をかしげた。

「行くことはかまわんが、上様の御裁可を得なくともよいのか」

　御庭番に命《めい》を下すことができるのは、もともとが将軍かその御下命を与《あずか》った老中、と定められていた。

「お許しはもう得ている」意次が片目を細める。

「このこと、代官からの報告を上様にお伝えし、御庭番を遣《つか》わしてはいかがか、と申し上げたところ、では、そうせよ、と言われたのだ」

なるほど、と加門は腑に落ちる。

近年では、将軍や老中に代わって、御側御用取次が御下命をつたえることも珍しくなくなっていた。

「あいわかりました」

加門はかしこまって、礼をした。

「ああ、そういう面倒なのはよい」意次は、手を振る。

「騒動になりそうなのは、武蔵国の本庄宿《ほんじょうじゅく》だ。中山道で一番大きな宿場だから、人も多い。ここで、こたびの御下命に抗しようという動きがはじまっているらしい」

「本庄宿か」

「うむ」意次は、横に置いてあった書状を取り上げた。

「代官の手代《てだい》が姿を変えて、探っているということだ。それによると、百姓衆はひそかに集まったりしているらしい。怪しいと睨んでいる者らもいるようだ。報告された者らの名はここに記してある」

意次の手から、書状が渡される。

加門の目が名を追っていると、意次の指が差し出された。

「この中島利兵衛《なかじまりへえ》という名主《なぬし》は、特に調べてほしい。以前から、江戸から学者などを呼んで、人々に話を聞かせているそうだ」

「ふむ、野中村《のなかむら》か」

「さらにもう一つ」意次は顔を上げた。

「裏で百姓衆をそそのかしている者がいるのではないか、という疑いも上がっているのだ。あの山県大弐の門弟に小幡藩の家老吉田玄蕃がいるであろう。山県大弐は、吉田に招かれて小幡藩に行ったこともあるらしい」

「そうか、小幡藩は上野国、武蔵国とは隣り合っているな」

「そうだ、本庄宿だけでなく、上野の高崎宿《たかさきじゅく》でも、増助郷への不満を訴える動きがあるらしい。もしや、山県大弐が御公儀に抗するよう、辺りの百姓衆を焚《た》きつけているのではないか、という見方もあるのだ」

「ふうむ」加門は手にした書状をじっと見つめた。

「そうであれば、ことはさらに大きくなるな」

「うむ、だが、それはまだ疑いにすぎない。そのあたりを含めて、調べてきてほしいのだ」

「承知」

加門は背筋を伸ばして頷いた。

御庭番御用屋敷。

加門と草太郎が向き合って、手を動かしていた。

広げた紙から小さな丸薬《がんやく》を手に取って、六つずつ、紙に包んでいく。

草太郎は一つを鼻に近づけて、匂いを嗅いだ。

「これは滋養の薬ですか」

「そうだ、滋養であれば、誰にでも効くからな。もう一つ、腹の薬もある。腹は子供が壊しやすいし、大人もけっこう求める者が多い」

加門は脇に置いてある上袋を目で示した。

「この薬はどこで手に入れたのですか」

息子の問いに、

「薬種問屋《やくしゅどんや》だ」と父は返す。

「こたびは多めに持って行くから、問屋で仕入れたのだ」

「なれど」草太郎は上目になった。

「遠国への探索は薬屋に姿を変えることが多いですよね、なにゆえですか」

「ふむ、それは簡単なこと。江戸と違って遠国の地では、そこで暮らす人はそれほど多くはない。皆、顔見知りで、よそ者が入ればすぐにわかる。だが、薬売りならば怪しまれることはない。それに、薬を売るさいに、そこの人々と気安く話しを交わすこともできる。探索する身として、これほどよい姿はないのだ」

「なるほど、わかりました。こたびはどなたと行かれるのですか」

御庭番の遠国御用は二人ひと組となって行くのが定めだ。

「倉地勝馬《くらちかつま》殿だ。まだ若いゆえ丈夫であるし、いろいろと教えるようにと頼まれてもいたからな」

「勝馬殿は確か、二十五歳でしたよね。親子を名乗るのですか」

「いや」と加門は首を振る。

「これは覚えておくのだぞ。親子や兄弟、夫婦、それと男女の仲もそうだ。そうした深いつながりのある者同士は、心を許しているゆえ、気安くなる。それは端から見ても、わかるものだ。そなたも、鈴や千江には気安いであろう」

「ああ、はい。他家の子らにあのように接すれば、叱られるでしょう」

「ふむ、そういうことだ。だから、作りすぎてはいかんのだ」

「作りすぎる、とは」

首をひねる草太郎に、加門は頷く。

「親子と名乗っても、他人であればどこかに遠慮が出て、真の親子のようにいかぬ。勘がよいお人であれば、それを見抜くであろう。そこから、疑いを向けられでもすれば、お役目を果たせなくなる」

「はい、わかりました。ゆえに、仮の姿を作りすぎてはいけないのですね」

「そういうことだ」

加門は目で微笑むと、手にした竹の匙《さじ》を動かした。丸薬を掬《すく》い、小さな紙に載せ、包み込む。

「どうだ、医学所は」

父の問いに、同じ作業をしながら、息子は上目で頷く。

「はい、学ぶことが多く大変ですが、それゆえにやりがいがあります。人の身体というのは、面白いものですね」

「うむ、わたしもそう思ったな。そもそも、心《しん》の臓《ぞう》が生まれたときから休みなく動き続けているのだと学んだとき、改めて驚きを感じたものだ。まあ、心の臓だけではない、胃の腑も肺も、すべてが休みなく働いているのだがな」

「はい、わたしもつくづく大したものだと思いました。止まれば死ぬのだ、と思うと、命というのはなんと不思議なものか、と思いました」

ふむ、と加門は顔を上げて息子を見た。

「そうさな、それを早くに学べたのは運がいい。御庭番となっても、学んだことは必ず役に立つからな」

草太郎は上げた顔で微笑んだ。

「はい、こうして父上の手伝いをしていると、よくわかります」

ふっ、と加門も微笑みが出る。と、その顔を廊下に向けた。

足音に続いて、「旦那様」という声が耳に飛び込んだ。

旗本となれば、殿と呼ぶのが普通だが、千秋は今も変えていない。

「おう、ここだ」

足音が止まって、障子が開く。

入ってきた千秋は、加門の横に座ると、

「腕を出してくださいな」

と、急《せ》かした。匙を置いて腕を差し出すと、千秋はその袖をまくり上げた。現れた腕に、布を巻き付ける。手甲《てっこう》だ。

手の甲から肘《ひじ》近くまで、その手甲は長い。

「ずいぶん長いな」

短いものであれば、手首あたりに巻くだけだ。

「よいのです、冬なのですから」千秋は巻き付けた手甲を取り付けた紐《ひも》で縛る。

「いかがです」

「うむ、これは確かに暖かい。これまでの物とは違うな」

「はい、布を厚い物に替えたのです。これならば、街道を歩いても、山颪《やまおろし》に吹かれても大丈夫なはず。脚絆《きゃはん》も同じ布で作っておりますから ね。出立《しゅったつ》までには間に合わせます」

手甲を外しながら、千秋は凛《りん》とした目になる。

「む、そうか、すまんな」

「いいえ、旦那様ももうお若くはないのですから、木枯《こが》らしに吹かれて風邪《かぜ》でもひかれたら大変です」

む、と加門の口が尖る。

「若くないとは言いすぎであろう」

「あら、四十も半ばなのですから、けっして若くはありませんよ」

「だが、まるで年寄りでもあるかのような物言いではないか」

「まあ、まるで年寄りではないようなおっしゃりよう」

加門はひと息、詰まらせると、ぐいと顎を上げ、

「それはそうだ、見ろ、この腕」二の腕を出して曲げて見せた。

「このような山ができるのだ、若さの証だ」

「あらまあ」千秋はしみじみと見つめる。

「以前に比べれば、お山の天辺が下がったようにも見えますけど」

「なんだと」

加門はさらに腕に力を込める。

そこにぷっと息の音が鳴った。

草太郎が笑いを放つ。

「父上、先ほどおっしゃったことがよくわかりました。確かに、他人ではそのような通じ合いはできません」

む、と加門は腕を下ろし、袖の中にしまう。

「まあ、なんです」

二人を見比べる千秋に、加門は苦笑を見せた。

「いや、草太郎に大事なことを教えていたのだ」

「はい、身にしみてわかりました」

息子の笑顔につられて、千秋も小首を傾げつつ、微笑んだ。

第四章　伝馬《てんま》騒動

一

十二月上旬。

江戸を出た加門と勝馬は、一日目に桶川宿《おけがわじゆく》に泊まり、二日目を深谷宿《ふかやじゆく》で過ごした。江戸を発《た》って中山道を行く旅人が、多く辿《たど》る道程だ。

翌朝早くに発ち、次の本庄宿までを歩き出した。

町人姿に、さほど大きくはない風呂敷包みを背負い、二人は木枯らしに目を眇《すが》める。左には秩父《ちちぶ》の山々が連なり、右手には赤城山《あかぎやま》が望める道だ。赤城颪《おろし》と呼ばれる風が、砂を舞い上げ、旅人の顔をしかめさせていた。

勝馬は顔を巡らせて、一帯に広がる田畑を眺める。

「この辺りは直領《じきりょう》が多いのですよね」

「ああ」加門は手を上げて辺りを示した。

「昔は本庄藩があったものの、百五十年ほど前に廃藩になったそうだ。それ以降は徳川家の直領となったため、旗本に下された知行地《ちぎょうち》も多い。わたしも出立前に調べたのだが、直領や知行地があちらこちらに入り組んでいるのだ」

「そうですか、では、代官も大変ですね」

直領を管理するのは公儀から派遣された代官だ。直領が広いと代官の数も増え、居住と執務のための陣屋《じんや》なども増える。代官はお触れを出すさいには、名主や惣代《そうだい》を陣屋に呼び出すことが多い。

「そうだな、このたびの増助郷のお触れを伝えるのも、順に村々の名主や惣代らを呼び出して伝えたため、ずいぶん日にちがかかったらしい」

へえ、と勝馬は周囲を見る。冬であるため、田は休んでいるが、畑には大根などが植えられている。

その上空を、大きな鳥が横切った。

「あ、あれは鷹《たか》ですか」

勝馬の声に加門は頷く。

「ああ、この辺りは御公儀の鷹場があるのだ」

鷹狩りに用いる鷹を育て、訓練するのが鷹場だ。

「鷹場の管理は村にまかされているから、負担も大きい。それにこの辺りは川の管理も託されている。年貢とは別に負わされているものが多いから、さらに伝馬まで出すとなったら、大変だろう」

加門は調べたことを思い出して、眉を寄せた。

「郡代《ぐんだい》様は百姓衆に情け深い、と聞いてますが」

関八州《かんはっしゅう》の直領三十万石を支配し、代官とその配下ら四百人ほどを管理するのが関東郡代だ。

「ああ、伊奈《いな》様か、まだ三十半ばとお若いのに、百姓哀れみの名郡代と呼ばれているそうだな」

伊奈半左衛門忠宥《はんざえもんただおき》は、家治の側室となった津田知保の養父にもなっている。知保の実父の身分がさほど高くなかったため、側室に上がるさい、伊奈家の養女とされたのだ。

「しかし」加門は眉を寄せる。

「郡代といえども、城中で決まったこと、そして上様のお許しを得て御上意となったことに、巽は唱えられまい」

「なるほど」

勝馬は頷く。

鷹がまた、空を横切った。

道の先に宿場が見えてくる。中山道では一番大きな宿場である本庄宿だ。廃藩により城下町がそのまま使われたことで、広くにぎやかな宿場ができあがっていた。

おや、と加門は道の端に目を留めた。

小役人らしい男が立ち、道行く人々を目で追っている。目つきは鋭い。

代官の手代だな……。加門は思いながら、横目でようすを見た。代官にはすぐ下に手付《てつき》と呼ばれる配下がおり、その下に手代もつけられている。手付や手代は、領地の人々のようすを探るのも仕事のうちだ。

やって来た百姓を、手代はじっと見る。百姓は顔を伏せて、その前を通り過ぎた。

やはり不穏な動きがあるのか……。加門は目を逸《そ》らしながら過ぎた。

「この先はどこへ……」

小声で問う勝馬に、加門はささやき返す。

「村に行く、話しただろう、野中村だ」

人に尋ねながら、野中村に着くと、目指していた家は遠目からすぐにわかった。

「さすが名主だな、立派な屋敷だ」

「ここの中島利兵衛という者が怪しいのですか」

「怪しいか怪しくないか、それを調べるのだ」

二人は門を入っていくと、庭仕事をしていた男に声をかけた。

「もし、薬はいりませんかね。江戸から来た薬売りなんですが」

男は振り向くと「江戸の薬売り」とつぶやいた。

「そんなら、旦那様に聞いてみるだで、ちっと待ってくんな」

母屋に入っていった男は、出て来て手招きをする。

二人が行くと、玄関から主らしい者が出て来た。

「江戸から来なすったのか、さ、お入りなさい」

江戸者のような言葉で言う。中島利兵衛に違いない。

広い玄関の上がり框《がまち》で、二人は背に負っていた荷を下ろした。

「で、薬屋さん、なんの薬を持っているんだね」

覗き込む利兵衛に、加門は小さな柳行李《やなぎごうり》の蓋《ふた》を開けた。中には二つの箱があり、それぞれに薬の包みが詰まっている。

「滋養と腹痛の薬です」

「ほう、それはいい、両方とも少しずつもらおうか。あたしが江戸で買ってきた薬は、もうなくなってしまったんでね」

「へい」加門は薬の包みを出しながら、利兵衛を見る。

「江戸へはよく行きなさるんですかい」

「ああ、しょっちゅう行くんだよ。江戸はいろいろな物があって、とにかくためになる。偉いお人も大勢いるからね」

しめた、と加門は利兵衛に笑顔を向けた。

「そういや、途中で聞いたんですが、名主さんのお屋敷には江戸から偉いお人も来るそうですね」

「ああ、そうさね、あたしが呼ぶんだ。ここいらでは聞けない話を、みんなにも聞いてほしいから、しばらくいてもらっていろいろと話をしてもらうんだよ」

「へえ、そらぁいい。どんなお人が来たんですかい」

もしや、山県大弐か、と加門はそっと唾を呑む。

「あんたがた」利兵衛は加門と勝馬を見た。

「薬売りなら、平賀源内先生を知っているかね」

　え、と加門は驚きを呑み込もうとして、いや、とあえてそれを顔に出した。

「ええ、そりゃ、知ってますよ、源内先生を知らない薬屋なんぞいませんや。へええっ、源内先生がこちらに来なすったんですかい」

「ああ、あたしが呼んだんだ」利兵衛は胸を張った。

「江戸で東都薬品会を開いたときに行って話をしたら、いや、あの源内先生、なんでも知らないことはない。これはすごいお人だと思って、お呼びしたんだ。あんたがた、火浣布は知っているかね」

「へい、燃えない布を源内先生が作ったって、江戸でも評判になりましたから」

「そうだろう、あの火浣布はね、ここで作ったんだ」

「え」加門は本心から驚いて目を見開いた。

「そうだったんですかい」

「そうさね。源内先生はうちにずっとお泊まりになっていたんだが、秩父にも行かれてね、そこで石綿を見つけて来なすったんだ」

「へええ、まさかここで作ったとは」

　再び、心底から驚いて、加門は身を反らした。

利兵衛は胸を張りつつ、笑顔になる。

「ここいらは昔から織物をしてきたもんで、機織機《はたおりき》はあるんだ。それで、源内先生は織子《おりこ》にやり方を教わりながら、作ったというわけだ。いや、さすが源内先生は飲み込みが早く、なんでもすぐにできてしまう。火浣布も大して苦労もせずに織り上げたんで、あたしは驚いたよ」

「はあ、そりゃ大したもんだ」加門は目も口も大きく開けた。

「けど、それなら、火浣布の発明には、名主さんもひと肌脱いだってことですね」

「ああ、そういうことだ」

利兵衛は頷きつつ、浮かべていた笑顔を消した。真顔から、だんだんと歪んだ面持ちになって行く。利兵衛は、小声になった。

「薬屋さん、あんたがた、この先、秩父にも行くのかね」

は、と加門は首をかしげ、考え込む面持ちを作った。

「いや、まだ決めちゃいませんが、秩父になにか」

ううむ、と利兵衛は口を曲げた。

「いや、実は源内先生が秩父に行って戻ってこないのだ」

「へえ、また石綿を探しに行っているんですかい」

「いや、それならいいんだが」利兵衛は眉まで寄せる。

「金《きん》を探しに行ったんだ」

「金ですかい」

加門は勝馬と顔を見合わせた。

「秩父に金があるんですか」

勝馬の問いに、利兵衛の首が曲がる。

「いや、わからない。だが、源内先生はよい銅《どう》があるのだから、金もあるはずだ、と言って山に入ってしまったんだ」

ああ、そうか、と加門は腹の底で手を打った。秩父では昔、質のよい和銅《にぎあかがね》が見つかり、それで国内でも銭《ぜに》が作られることになった。国中に広まった和同開珎《わどうかいちん》だ。なるほど、と加門は腹の底で頷く。よい銅があれば金もあるはず、と源内は思い込んだのだろう……。

「いや」利兵衛は顔を上げる。

「もうこの寒さだ、江戸に戻っておられるかもしれない。薬屋さん、江戸に戻って源内先生に会ったら、伝えてほしいんだが」

「へい、なんでしょう」

「中島利兵衛が困っていた、となｌ」

「はあ、けど、どういうお困りごとで」

ううむ、と利兵衛は腕を組んで小声になった。

「源内先生に火浣布を織るように頼まれたんだ。長崎《ながさき》を通じて、清国から注文を受けたそうで」

「へえ、そいつはすごい」

「いや……それが丈は九尺一寸（二七〇センチ）ほしいというので、ほとほと困っている。そんなに大きな火浣布はとても織れるもんじゃない」

「はあ、そいつは難儀そうなことで……」加門は顔をしかめた。

「いや、秩父には行くかどうかわかりませんが、江戸には戻りますから、もしも会ったら伝えますよ」

「ああ、頼む。こちらも書状を出すつもりだがね」

加門は、利兵衛の人のよさそうな面持ちを改めて見た。

「けど、名主さん、源内先生を招くとはすごいですね。ほかにはどんなお人をお呼びしたんですかい」

ん、と利兵衛は面持ちを和らげた。

「そうだね、俳諧《はいかい》の先生も呼んだし、戯作《げさく》の先生も呼んだ、絵師を呼んだこともある」

「へえ」加門は唾をそっと呑み込んだ。

「最近の江戸じゃ、山県大弐先生なんかも人を集めてますが」

利兵衛は少し間を置いて、「ああ」と言った。

「名は聞いたな、だが、武家の心得や神道《しんとう》を教えているという話だったから、あたしには縁がないと思ったね。ここいらの者に聞かせたい話でもない」

「はあ、それはそうか」

加門は笑ってみせる。と、同時に行李の蓋を閉めた。仕事は終わりだ。

そこに、外から先ほどの男が入って来た。

「旦那様、関村《せきむら》の遠藤《えんどう》兵内《ひょうない》さんが来たがね」

続いて男が入って来た。

加門はその男を見た。別の村の者なら、話を聞いてみたい……。利兵衛に向き直ると、入って来た兵内を目で示した。

「あのう、こちらのお人にも、薬の話をしてもいいですかね」

「ああ」と利兵衛は加門と兵内を交互に見た。

「そうだな、兵内さんは関《せき》村の名主だから、いいかもしれない。兵内さん、この二人は江戸から来なすった薬売りなんだが、どうだね、薬は」

「はあ」兵内は二人を見る。

「薬なら村のもんがほしがるだろう、来てくれてかまわねえだ、おらの村は……」

関村への道を説明する。

「へい、そいじゃ、近々、伺いますんで」

加門はぺこりと頭を下げる。それを利兵衛にもして、

「ありがとございました」

勝馬と二人、礼をした。

上がり込んだ兵内と利兵衛は、すでに小声で言葉を交わし合っている。その顔は神妙だ。

加門らは、それに背を向けて屋敷を出た。

二

宿場の旅籠《はたご》を出て、加門と勝馬は朝の街道を見まわした。

「少し見てまわろう」

歩き出す加門に勝馬も従う。

しばらく行くと、立派な門構えが見えて来た。

「あそこが本陣《ほんじん》だな」

本陣は宿場ごとに設けられている屋敷で、旅の折に大名や公儀の重臣らが泊まる宿にもなっている。家臣らは格の下がる脇本陣《わきほんじん》や旅籠に泊まるのが常だ。

本陣の門は閉ざされている。加門は塀越しに見える屋敷の屋根を見つめた。

「立派ですね」

「ああ、さすがもとは城下町、ここは南本陣だろう。本庄宿には南と北、二つの本陣があると書いてあった」

「そうなのですか」

「うむ、脇本陣も二軒、きっとあちらが北本陣だ」

加門は街道を歩き出す。

同じように立派な北本陣があった。

「こちらがもともとの本陣だ。街道を行き来する人が増えたために、南本陣を増やしたそうだ」

「では、こちらに名主がいるんでしょうか」

本陣は名主の屋敷であることが多い。その地を治める名主は、公儀からのお触れを伝えたり、税を管理する役目があり、配下となる村役人も支配している。

「おそらくな」

加門はまた歩き出した。

「問屋《といや》だ」

本陣のほど近くでまた足を止めた。

表の開いた建物には、村役人らが座っている。宿場ごとに設けられた問屋だ。名主から選ばれた村役人が、宿場を管理するため、詰めることになっている。代官の手付や手代が、見まわりに訪れることもある。

その横には、馬小屋がある。数頭の馬が、つながれていた。うしろにはもっと大きな小屋があるようで、馬の声が聞こえてくる。

勝馬は小声になった。

「伝馬で村から出された馬ですね」

「ああ、昔の助郷では、村ごとに人は五十人、馬は五十疋《ぴき》出せ、と定められていたそうだ。だが、馬を出すと百姓仕事に障りが出るため、願い出て二十五疋に減らされたそうだ」

「へえ、そうだったんですか」

二人はそっとその場を離れる。

人気《ひとけ》の減ったところで、勝馬はまた小声になった。

「こたびの増助郷でも、馬を出せと命じているんですよね」

「そうだ、村高百石につき、馬を三疋、人を六人出せ、というのがお触れだ」

「で、出せなければ、代わりに六両二分、ということでしたよね」

「うむ、そういうことだ。遠い村は、人や馬の代わりに金を払うことが多い。だが、その金で馬を雇うこともあるようだ。代官所の者や江戸から来た役人が使うことも多いゆえ、馬小屋には常に一定の馬をつないでおかねばならんのだ。直領は役人の行き来も多いからな」

勝馬はおずおずと問う。

「御公儀の役人が使えるということは、我らも使うことができるのですよね。加門様も使ったことがあるのですか」

「いや」加門は苦笑する。

「手形さえ見せれば使えるが、遠国御用のさいはこうして常に姿を変えているから、わたしは一度も使ったことはない」

「そうですか」

勝馬はややがっかりしたように、肩をすくめた。

加門は苦笑を消して、手を上げる。

「さ、関村に行くぞ」

街道から離れ、田畑を貫く細い道を歩き出した。


冷たい風に肩をすくめて、勝馬が道を振り返った。

すでに宿場は影も見えない。

「ずいぶん来ましたね」

「ああ、これほど離れた村にまで伝馬を課されるとなれば、確かに大変だ」

吐く息は、またたく間に白くなる。

「だが、見ろ、村らしいものが見えて来た」

二人の足が速まる。

人影のない村に、風の音が抜けて行く。

が、軒先には干した柿や大根が吊されており、人々の暮らしが見てとれる。

「あれか」

加門はやや大きめの屋根に目を留めた。

近づいて行くと、簡素ながら門が構えられていた。その奥の屋敷もそれほど大きくはない。

「同じ名主でも、中島利兵衛の屋敷とはずいぶん違いますね」

「そうだな、あちらは江戸から学者を呼ぶほどの家だ、もともと格が違うのだろう」

加門は玄関で「ごめんくだされ」と大声を上げる。

そっと戸が開き、顔を覗かせたのは女房らしい女だった。

薬売りであることを告げると「ああ」と女は奥へと戻っていく。

すぐに戻って来ると、女は脇の小部屋を手で示した。

「こっち上がって、ちっと待ってくんなせえ」

二人が上がり込むと、女はまた奥へと消えた。

加門はじっと耳を澄ませる。

家の奥から人の話し声がしているのがわかった。

兵内の声が聞こえる。が、言葉は聞き取れない。それに返すように、男達の声も聞こえてくる。一人、二人、三人、四人……。加門は目を閉じ、耳をそれに向けるが、やはり話の中身はわからなかった。

だが、と加門は腹で思う。村に人気《ひとけ》がなかったのは、ここに集まっていたせいなのだろう……。

玄関の開く音がした。

「兵内さん」男の声が立った。

「栄覚和尚様《えいかくおしょうさま》から預かって来ただ」

廊下を走る音が鳴った。

「しっ」と諌《いさ》める声がして、二つの足音が奥へと消えた。

勝馬が小首をかしげて、加門を見る。「なんでしょう」と目顔が問うているが、加門は小さく首を振った。これだけでは、察しようがない。

半刻《はんとき》（一時間）経った頃、奥からざわめきが伝わって来た。

人々が部屋から出て来るのがわかった。それをかき分けるように、一人の足音が近寄ってきた。

「薬屋さん、待たせただね」襖が開いて、兵内が立った。

「いんやぁ、ちっと寄り合いがあったもんで、すまんことで」

兵内は奥から来る村人を振り向いた。

「江戸から来た薬売りのお人だ、薬がほしいもんはおらんか」

ざわめきのなかから、

「薬か、ほしくたってそんな銭ないだ」

「んだな」

つぶやきが漏れる。

「いやぁ、おらはちっとほしい」

その声とともに、男がやって来た。つぎの当たった着物を重ね着した男だ。日に焼けた顔はいかにも百姓らしい。

「うちのおっとうが、腰がいてえって言ってんだが、そういうのに効く薬ってのはあんのかね」

「腰……」弱ったな、と加門は思う。

「すみません、腰の薬はないんで……けど、腰の痛みなら温めるのがいいんで、湯に浸した布を載せるといいですよ」

「へえ、そうかい」

「おう、そんなら」うしろから別の男が進み出る。

「肩や首にも効くかね」

「ええ、たぶん。血の巡りが悪くなっていると思うので、そういうのは温めるとよくなるもんです」

へえ、という声がいくつも立つ。加門は覗き込んでいる男達を見た。皆、百姓とわかる姿で、十数人が数えられた。

「うちのおっかあは腹が張るってんだが」

「ああ、腹の薬ならあります」

加門は柳行李の蓋を開けて、薬を出す。が、病のようすがわからないから、効くかどうか、自信がない。加門は仕入れと同じ値で売った。

「おっ、そんならおらにもくれ」

ほかの男も言う。

「滋養の薬もありますよ、疲れがとれますよ、こっちも安くしときますんで」

勝馬が言うと、人が集まって来た。

兵内が、脇に立って見つめている。

やがて客らが帰って行くと、兵内は横に座った。

「大した商売にはならなかったのう、だけんど、みんなが喜んでたでよかった」

「いえ」加門は笑顔を向ける。

「商いに大小はありません、こちらこそ、ありがとさんでした。この村は宿場から離れてますけど、たくさんお人がいるんですね」

「ああ、昔っから続く村だでねえ」

「こういう村はあっちこっちにあるんですかい」

加門の問いに、兵内は顔を巡らせる。

「そうさね、山の裾《すそ》まで、あっちにもこっちにも村はあるだよ。けんど、どこも貧しい村だで、わざわざ行っても、商いにはなるかどうか、わかんねえな」

「そうですか、そんなら宿場に戻ることにします」

加門は柳行李を包みながら、顔を上げた。

「そういや、宿場で聞いたんですけど、今度、この辺りにまで御伝馬《おてんま》のお達しが来たそうですね」

ああ、と兵内の顔が歪んだ。

「食うのもやっとのこんな貧しい村に、御伝馬なんぞ出せるわきゃねえだ。だからって金を借りたら、利息乗せられてもっときっつくなる。将軍様ってえのは、なんもわかっちゃいねえと、つくづく思っただよ」

その目が厳しくなる。

加門は黙って、風呂敷包みを背中に負って立ち上がった。

兵内もつくろうように笑顔になって立つ。

「いや、こんなとこにまで難儀だったろう、なんも出してやれずにすまねえな、ああ、そうだ、干し柿がある、待ってな」

踵を返そうとする兵内の前に、加門は手を伸ばした。

「ああいや、けっこうです、昨日、宿場で買ったんで」

嘘だが、干し柿とて、ここでは大事な食い物に違いない。

「さ、行こう」

加門は勝馬を先に立てて土間へと降りた。

兵内は目尻の皺を深めて、

「気いつけてな」

と、頷く。

二人も「へい」と礼をすると、山颪《やまおろし》の吹く外へと出た。

三

旅籠を出て、加門と勝馬は北へと歩いていた。

本庄宿は武蔵国最後の宿場であり、次の新町宿《しんまちじゅく》からは上野国になる。その先が倉《く》賀《が》野宿《のじゅく》になり、その次が高崎宿だ。ともに小幡藩に一日で行ける場所だ。

中山道で最も遅くできた新町宿は通り抜け、二人は倉賀野宿に入った。

ここは日光に続く脇街道も通っており、旅籠も多い。

加門は人の行き交う街道をそれて、村へと足を向けた。宿場周辺の村は、常に伝馬を課せられている助郷村だ。

冬の枯れた田が広がる道を行きつつ、加門は辺りに目を配った。

道からそれたところに小さな杜《もり》が見え、社《やしろ》らしい屋根も窺える。そこに、三人の百姓が入って行った。

加門は勝馬にささやく。

「行こう、なにか話が聞けるかもしれない」

細い参道を通って、二人は杜へと入った。横目で探ると、神木らしい大樹の陰に、三人の男が見えた。

加門は耳を澄ませる。

「本庄のもんらは苛立《いらだ》ってたわ」

「そりゃそうだんべ、御伝馬お許しの願い状を出したんは、三月《みつき》も前のこったろう、そんで音沙汰《おとさた》なしっつうことは、御公儀は免除する気がねえっつうこったろうよ」

「そいじゃ、御伝馬を出すしかねえってことか」

ううん、と唸り声が洩れた。

「いやあ、もう少し、待ってみるべえ。出さねえですむなら、それに越したことはねえんだからよ」

「んだなぁ、そもそも出すものがねえんだからよ」

「ああ、これで借金なんぞ背負ったら、首ぃ括《くく》らにゃなるめえ」

男達の声に溜息が混じる。

その男の一人が、こちらに顔を向けた。

参道を子供らが走って来たためだ。

男は加門と勝馬を見て、顔を険《けわ》しくする。

加門は気づかぬふりをして、社の前へと進んだ。

大きく柏手《かしわで》を打って、拝礼をすると、勝馬もそれに続いた。

男達が、木の陰から出て来る。

加門はそこで気づいたふうを装って、「おや」と笑顔を作った。

「こんにちは、村のお人ですか、こちらの神様は稲荷《いなり》ですか、八幡《はちまん》ですか」

年配の男が進み出る。

「明神《みょうじん》様だ、おめえら、どこのもんだ」

「江戸から来ました薬売りで。お社が見えたのでお参りに寄ったんですよ。神様を見つけたら、いい商いができるように、お願いすることにしてるんです」

勝馬もにこやかな笑顔で続ける。

「この明神様、御利益《ごりやく》がありそうですね」

男は面持ちを弛め、「ああ」と頷いた。

「けんど、村の鎮守《ちんじゅ》だから、よそもんに効くかどうかはわかんねえな」

「そうですか」加門は笑顔のまま言う。

「けど、お参りさせたもらっただけでもありがたいことです」

ぺこりと社に頭を下げ、踵を返す。

「お邪魔しました」

勝馬もそれに続いた。

男達はまた、大樹の陰に戻って行った。

街道をさらに進み、二人は高崎宿に入った。

そのまま進むと、問屋に行き当たった。

戸はほとんど閉ざされているが、中に村役人二人がいるのがわかった。

加門は戸に手をかけ、

「ごめんください」

と、開ける。

「なんだね」

火鉢《ひばち》に手をかざしていた役人が顔を振り向けた。

「ここから小幡藩に行く道はわかりますか」

「小幡かい」

一人の男が奥から出て来ると、腰を浮かせて南を指さした。

「あっちの方角だ、すこし戻ると、左に入る道があっから、それを行きゃあいい」

「はあ、左ですね、どのくらいかかりましょうか」

「さあなあ、おらは行ったことねえからなあ」男はもう一人を振り向いた。

「おめえ、行ったことあっか」

「いんや」男は首を振る。

「あんな不便なとこ、用もねえべ」

「んだな」男は加門を見て首をひねった。

「なんだい、物売りかね」

「へえ、薬売りでして」加門は笑顔で頷く。

「小幡のお殿様は織田信長の子孫だって聞いたもんで、ちょっと寄ってみようかと。お城も立派なんでしょうね」

ああ、と男は顎を上げた。

「城なんて聞いたことねえ、ちっせえ藩じゃ、んなもんねえだろ」

「おや、そうですか、なんでも小幡藩は江戸から名の知れた学者を呼んだことがある、と聞いたんで、立派な城下町があるのかと思ってました。そこで講義をしたのかと……聞いたことはないですか、山県大弐先生というんですが」

はあ、と男は顔を歪める。

「知らねえな」

奥の男も首を振る。

「聞いたことねえだな」

「そうですか」加門はつぶやくように言う。

「城下町がないのなら、わざわざ行くことはないか」

男が苦笑する。

「商いすんなら、宿場のほうがよっぽどよかんべえ」

「んだんだ」

奥から笑いが起きる。

加門も笑い混じりに答える。

「そうですね、いや、ありがとうございました」

礼をする加門に、勝馬も真似る。

二人はその場を離れた。

勝馬は加門の横顔にささやく。

「よくあんな話をすらすらとできますね。わたしにはとても無理です」

「なあに」加門は小さく笑う。

「こういうものは場数《ばかず》だ。場数を踏めば、さほど考えずとも口がまわるようになるものだ」

「そういうものですか」

「そういうものだ。しかし……」加門は辺りを見まわした。

「小幡藩とは大したつながりはないようだな。明日、本庄に戻ろう」

はい、と勝馬は頷いた。

四

本庄宿が見えて来た道で、加門は背後に耳を向けた。

二人の百姓が街道を横切って行く。

「天狗触《てんぐぶ》れが出たってのは、ほんとかい」

「ああ、今、聞いたんだ。八幡様の横だってよ」

天狗触れ……。加門は小さく振り向いた。

二人は街道から離れ、横道へと逸れて行く。

「天狗触れとはなんだろう、行ってみよう」

加門は勝馬を促し、二人のあとを追った。

道は村に入り、田畑の中を伸びていく。

前を行く百姓二人から大きく間合いをとって、加門らはゆっくりと歩いて行く。

小さな杜の前に人が数人、集まっている。

立ち止まってしばらくようすを見ていると、やがて人は散っていき、誰もいなくなった。

加門と勝馬はそこに近づいて行く。

参道入り口の石柱に、貼り紙が貼られている。

加門はそれを目で追った。

十二月十六日夜、十条河原《じゅうじょうがわら》に、増助郷の家一軒につき、男十五歳から六十歳までの者一人、来たるべし。

口中《こうちゅう》でそれを読んで、加門と勝馬は顔を見合わせた。

「これは、やはり一揆の画策《かくさく》か」

「十六日というと、三日後ですね」

二人は唾を呑み込む。

そこに、一人の百姓がやって来た。

加門と勝馬は来た道を戻りはじめる。と、加門はすれ違った百姓を、横目で見た。

頬被《ほおかぶ》りをしたその男も、ちらりとこちらを見た。鼻の脇のほくろが目に入る。

あ、と振り返りそうになる気持ちを、加門は抑え込んだ。

しばらくそのまま歩き、離れたところで加門は小さく顔を向けた。

百姓は貼り紙の前に立って、じっとそれを読んでいる。

「あの男」加門は勝馬にささやく。

「百姓ではない」

「え」

「振り向くな。おそらく、代官の手代だろう」

「そうなのですか」

「ああ、目つきが違う。それに歩き方も背筋が伸び気味だった。百姓を装って、探っているのだろう」

勝馬が唾を呑み込む音が鳴った。

「天狗触れか……調べねば」

加門は、己に言うようにつぶやいた。

朝、旅籠を出て歩き出すと、「天狗触れ」という声が飛び込んで来た。三人の百姓が横を通り過ぎて行く。

加門と勝馬は顔を見合わせ、そのあとを追う。

先を行った三人の男は、高札場《こうさつば》の前で立ち止まった。が、高札ではなく、下の柵《さく》の貼り紙を、腰をかがめて見ている。

加門らはそっと近づいた。

百姓の一人が、隣の男に、

「なんて書いてあるだ」

と、問う。

「回状《かいじょう》とおんなじだ」

男は返した。

加門と勝馬は横目で互いを見合った。

「そんなら、変わりはねえってこったな」

「ああ、十六日だ」

「こんなとこに貼って、でえじょうぶなのか」

三人は言葉を交わしながら、去って行った。

加門はその前に立ち、書かれた文字を読む。内容は昨日見た天狗触れとほぼ変わらない。

「へえ、これが天狗触れか」

うしろから声が立つ。

宿場町の商人らしい二人が、加門らの背後から首を伸ばしていた。

加門は横にずれながら、にこやかな顔を向けた。

「これは天狗触れと言われてるんですかい」

「ああ、そうだ」一人が頷いた。

「誰が書いたかわからねえから、天狗の仕業《しわざ》ってえことにしたんだろうよ。そうしねえと、捕まるだからな」

「へえ」加門は感心してみせる。

「これはあっちこっちに貼ってあるんですかい」

「おう、二、三日前から近辺の村に貼り出されてるってえ話だ。こんな街道にまで貼るとは、おったまげたがな」

肩をすくめて、町人らは離れて行く。

そこに役人らしい男が走って来た。身なりからすると、それなりの武士だ。

貼り紙を読んで、顔をしかめると、ううむ、と唸り声を洩らした。

おそらく代官の手付だろう、と加門はその横顔を窺う。

「お役人様」加門が朗らかな声を投げかけた。

「聞いたところ、これは天狗触れと言われているそうですね。ここいらには天狗の話でもあるんですか」

む、と口を歪めつつも、役人は頷いた。

「ああ、ここからもっと北に迦葉山《かしょうざん》という山があって、そこには天狗がいると伝えられているのだ」

「へえ、だから天狗なんですね」

「ふん、ふざけおって」

役人はその貼り紙を勢いよく剝《は》がすと、懐にしまう。遠目に見ていた者らを睨みつけると、来た方向へと戻って行った。

加門と勝馬はその場を離れ、街道を歩き出す。辻で曲がると、人気《ひとけ》のない裏道へと入って行った。

誰もいないところで、加門はささやく。

「あの字は、昨日の天狗触れと同じ字だったな」

「あ、やはりそうですか、わたしも似ていると思いました」

「同じだ、跳ねの癖や止め方がそっくりだった。おそらく一人の者が、たくさん書いたのだろう」

「回状という話も出てましたね」

「うむ、すでに回状がまわされているのだろう。漏れがないように、村に貼り出し、さらに街道にも貼ったと見える」

「ですが、代官に知られてしまうでしょうに」

「ああ、知られてもかまわない、という覚悟の上だろう。もっと貼られているはずだ、歩いて探そう」

　表へと戻る加門に、勝馬も付いて行く。

　街道を歩くと、やはり稲荷の社にも貼られ、寺の門柱にも貼ってあった。町人は横目で見て、通り過ぎて行くが、百姓らは立ち止まって見ている。

「村にも行こう」

　加門は街道から逸れて歩き出す。

　田畑の中の道を行くと、人が集まっている大きな木があった。やはり、天狗触れが貼ってある。

「同じ字だな」

加門のささやきに、勝馬が、

「達筆ですね」

と、つぶやく。

確かに、筆使いに馴れた乱れの少ない字だ。

あ、と加門は声を洩らしそうになった。

兵内の屋敷で聞いた言葉が耳に甦る。

〈栄覚和尚様から預かって来ただ〉

和尚様……僧侶ならば達筆でも不思議はない……。加門は唇を嚙んだ。では、あの兵内が関わっているのか。あのときの寄り合いは、天狗触れのための集まりだったのかもしれない……。

ここから見えない遠い関村の方角を、加門は見やった。

五

十六日。

薄闇が広がる道を、加門らは歩いた。行き先は十条河原だ。

宿場で聞いたところ、利根川《とねがわ》から分かれた身馴川《みなれがわ》にある河原で、宿場からは離れた場所だという。

歩きながら、加門はこの三日間のことを思い出していた。

村々をまわり、天狗触れを探すと、どこの村にも貼り出されていた。回状らしき紙をまわしているのを目にしたこともある。宿場から遠く十里離れた村にも、天狗触れは行き渡ったに違いない。

川の土手が見えて来た。

「この辺りだろう」

加門に続いて勝馬も上がる。と、息を呑んだ。

河原に大勢の男達がひしめいている。

思わず身を伏せて、二人は顔を見合わせた。

「すごい人ですね」

唾を呑み込む勝馬に、加門も同じように頷いた。

数百人は来そうだと思っていたが……。加門は改めて顔を上げて、人々を見まわす。

数百どころではない、数千人はいる……。

「降りよう」

加門がささやいて、土手を降りる。

「え、しかし……」

あわてて付いて来る勝馬を、加門は振り向いた。

「これだけの人がいれば、紛《まぎ》れても気づかれない。むしろ、離れて見ているほうが怪しまれる」

はい、と勝馬も河原を走る。

人は続々と集まって来る。

土手から降りてくる者、河原沿いにやって来る者、中には川を小舟で来る者もいる。

加門は人混みのなかに紛れ込み、顔を巡らせた。

人は今も増え続けている。

すごい数だ、一万人を超えたな……。

周りの百姓衆は、ざわざわと声を立て合っている。

「一揆するんだべか」

「おう、そうだんべ」

「こうなりゃ、やるしかあるめえよ」

「んだ、やらなきゃ、おらたちが飢え死にするだけだ」

眉を吊り上げた男達の顔を、加門は横目で見ていく。日に焼けた顔は、薄闇に溶け込んで、目の輝きが際立つ。

おや、と加門は目を据えた。あの男……。

目の下にほくろのある顔には見覚えがある。そうか、村の天狗触れを見に来ていた代官の手代だ……。

加門は目を動かし、さらに男達を眺め渡した。なかに、大して日に焼けていない顔が、一つ、二つと、浮き立っている。

あれもおそらく手代、いや、手付もいるかもしれない……。

ぐいと背中が押された。うしろから、人が押してくる。増え続ける人が、周囲から押し寄せているに違いない。

土手に灯りが動いた。

松明《たいまつ》を持った男が土手を上がって行く。

「皆の衆」

男が大声を上げた。

ざわめきが波のように引いていく。

「おらは本郷村《ほんごうむら》の百 姓代《ひやくしようだい》で三郎左衛門《さぶろうざえもん》だ。三月《みつき》前に、本庄から増助郷免除のお願いを御公儀に出したが、なんも返ってこん。だもんで、おらたち百姓代や惣代、名主らは話し合っただ。こうなりゃ、江戸に行って老中に直訴《じきそ》するしかねえ」

おおう、と声が響き渡る。

「みんな、いいか」

おおおぉう、と声は大きくなる。

「ようし、それじゃこれから言うことをようく聞け。出立は二十二日の朝、本庄宿に集まれ。道中は野宿になっから、菰《こも》がいる。米もそれぞれ二升《にしよう》持ってこい」

おう、と腕が上がる。

「よし、それに姿だ。寒いし雨が降るかもしんねえ、簑《みの》をつけて笠《かさ》を被ってこい。なにかあったときのために、鎌《かま》や鋤《すき》、鍬《くわ》を持って来てもいい」

おおう、とまた腕が上がる。

頷く三郎左衛門の横に、一人の男が近づいて行く。三郎左衛門と言葉を交わすと、男は皆に向き直った。

「おらは植竹村《うえたけむら》の杢太郎《もくたろう》だ。見てわかるとおり、もう爺だが、そんだけにもう命は惜しくねえ。この一揆におらは身体を張る」

おおう、と声が返る。杢太郎は頷いた。

「おらの村はただでさえ、貧しい。一家総出で働いても、食えるのは稗《ひえ》や粟《あわ》ばかりだ。こんなで、御伝馬なんぞ出せるわけがねえ」

「んだんだ」

声が上がる。

「ああ、んだからおらは考えた。こんな村に御伝馬を出せっつうのは、お城のお人らがおら達の暮らしを知らねえからだ。知らねえなら、知らせるっきゃねえ。一揆は御《ご》法度《はっと》っちゅうことになってっけど、これは訴えだ。お願いだ。おらたちが生きるためのな」

おおおう、と声と腕が上がった。

そこにもう一人、男が土手を上がった。

三郎左衛門と杢太郎に、なにやら話をしている。

頷いた三郎左衛門は、皆に顔を向けた。

「みんな、聞いてくれ。村の旗を作って来い。村の名を書いて、掲げるだ。それに、太鼓がある者は持って来い」

「おう」

腕が上がり、響くような大声が河原の空に響き渡った。

翌朝。

旅籠の部屋で、加門と勝馬は向き合った。相部屋の旅人達はすでに発ち、今は誰もいない。

「あとで蓑と笠を買いに行く、菰もいるな。それと鎌だ」

加門の小声に勝馬は、

「一揆勢に紛《まぎ》れるのですか」

身を乗り出した。

「そうだ、簑笠姿というのはちょうどいい。この先の動きを見なければ」

「はい。しかし、あれほどの人が集まるとは思いませんでした」

勝馬が思い出したように首を振ると、加門も首を振った。

「ああ、わたしも驚いた。だが、話を聞いて腑に落ちた。名主や百姓代、惣代が音頭を取っているのであれば、皆も意気が上がるだろう」

「それも驚きました。名主や惣代といえば、お触れを皆に伝えて、従うように命じる立場ではないですか」

「うむ、それが、こたびは百姓の側に立った、ということだ。増助郷には従えぬ、と考えたのだろう。百姓らの暮らしをわかっているからこそ、御上意といえども、抗するしかなかったに違いない」

眉を寄せる加門を、勝馬は黙って見る。

加門はその目を見つめ返した。

「百姓衆を抑えねばならぬ者らが、率いる側に立ったのだ。これは、大きな騒動になるぞ」

勝馬はごくりと唾を呑んだ。

六

二十二日朝、東の空が薄青くなりかけた頃、加門と勝馬は簑笠姿で、街道に出た。と、すぐにその足が止まった。

すでにたくさんの簑笠姿が、道を歩いていた。

江戸に近い深谷宿のほうへと、進んで行く。二人もその人の流れに入り込んだ。

やがて、足が止まった。大勢の人が、そこに集まっていた。

加門は息を詰める。十条河原にいた人々よりも、さらに多いことが一目瞭然《いちもくりょうぜん》だった。

人々の息が白く立ち上り、ざわめく声が波のように揺れる。声には力が漲《みなぎ》り、気が立っているようすが伝わってくる。

空が刻々と明るさを増していく。

加門はうしろを振り返った。

ぎっしりと笠が並んでおり、最後が見えない。

先頭で太鼓が鳴った。

「皆の衆、行くぞ」

三郎左衛門の声に、「おおおう」と声が立つ。

群衆が動き出した。

街道をいっぱいに埋め尽くして、人々が進んで行く。

どんどんといくつもの太鼓が、前で響きを上げている。

加門は傍らの勝馬の袖を引くと、耳元に、

「外に出よう」

ささやいた。

流れを少しずつ縫いながら、行列の外へと出て、そこに立ち止まった。

行列にはあちらこちらに旗が立っている。それぞれの村の名を、渋紙《しぶがみ》に書いた物だ。加門はそれを数えはじめた。が、途中で数えるのをやめた。とても数え切れなくなったためだ。

おや、と加門は大きな旗に目を引かれた。

向後《こうご》御伝馬不勤、と書かれている。

今後は御伝馬役は勤《つと》めない、か……。加門は口中で読み上げながら、その力強い文字を見上げた。

行列はなおも続いてやって来る。

旗に書かれた村の名を見ながら、加門は眉を寄せた。

本庄宿周辺の村々は、歩きまわったせいもあって名を覚えている。が、知らない村の名もぞくぞくとやって来る。

上野の村か……。十条河原の話を聞きつけて、遠くから駆けつけて来たに違いない。

加門は行列の頭を見ようと、つま先立ちになった。先頭はすでに見えない。さらに顔を巡らせて、行列のうしろを見る。これも、切れるところは見えない。

数万はいるな……。加門は腹に力を込める。大変なことになった……。

「すごいですね」

隣の勝馬が、息とともに掠《かす》れ声を出す。

ああ、と頷いて、加門はまた勝馬の袖を引いた。

「行列の前に戻ろう」

足早に追いつき、二人は行列の先頭近くに潜り込んだ。

すでに本庄宿を抜け、広がる田畑のなかの道を進んでいる。

赤城颪が頭上を吹き抜けていくが、人混みに揉まれている身体は温かい。

田んぼの畦道《あぜみち》を、駆けて来る者らがあった。簑笠姿の男達だ。

「おらたちも行くぞ」

そう言って、行列に加わって来る。

道の端で、待ち構えている者らもいた。

進むにつれて、人は増えていく。

「御伝馬は受けねえぞ」

誰かが叫ぶと、つぎつぎに声が続く。

「百姓を殺すな」

声がうしろからも起こる。

加門は耳を澄ませつつ、前方を見る。

もうすぐ深谷宿だな……。

道の前から馬の蹄《ひづめ》の音が鳴った。

「待て待てい」

足音とともに声が近づいて来る。

行列の歩みが緩やかになり、やがて止まった。

加門は人をかき分け、前へと進む。

行列の行く手を妨げるように、数人の役人が並んでいる。先頭にいる馬上の男は、行列を眺め渡しており、その目が大きく見開いているのが見てとれた。

「わたしは代官の皆川徳太郎《みなかわとくたろう》だ、静まれぃ」

そう言い放つ声が、揺らいでいるのがわかる。

まさか、ここまでの大人数とは思っていなかったのだろう……。加門はその強張った顔を見上げる。

代官は大きく息を吸うと、口を開いた。

「ただちに、解散せよ。皆、村に戻るのだ。一揆は御法度なるぞ」

「一揆ではねえ」先頭から声が上がる。

「老中様にお願いに行くだけだ」

「んだ」

「そうだそうだ」

男達の声が大波となる。

馬上の代官が咳を払う。

「な、ならん。徒党《ととう》も御法度だ。そもそも、増助郷は御公儀の御下命、御上意なるぞ、従うが道理」

代官の大声を消すように、怒鳴り声やがなり声が沸き起こる。

「御法度なんぞ怖いもんか」

「そうだ、こっちは命がけだ」

代官の身体が引くように反る。が、それを戻すと、大きく息を吸い込み、顔を巡らせて口を開いた。

「よく聞け、この増助郷は、街道の名主らのなかからも願いが出されたのだ。御公儀はそれをくみ取ったのだぞ」

「なんだと」

ささやき声が洩れる。

「嘘言うでねえだ」

大声が上がった。

「嘘ではない。増助郷をしてくれと、願い出た者は一人や二人ではないのだ」

人々の動きが止まる。

「ほんとか」

「そういや、そんな噂を聞いたことがあんな」

「いんや」それを打ち消すように、一人が大声を上げた。

「それがほんとなら、そのもんらの名を教えてもらおうじゃねえか」

代官が顎を上げる。

「よかろう、教えてやろう。あとで誰か、深谷宿の問屋に参れ」

そう言うと、代官は馬の手綱《たづな》を引き、馬をくるりとまわす。その腹を蹴ると、再び蹄の音を立てて、来た道を戻って行った。

低いざわめきが広がる。

「増助郷を願い出たもんがいるってのは、ほんとなのかい」

「そういや、前に宿場の金貸しがお代官様に願い出たってのを、聞いたことがあんぞ、噂だけんどな」

「金貸しならやりそうだな」

「ああ、でもどっかの名主もやったってえ話があったな、そいつも噂だけどもよ」

ひそひそとささやきが広がっていく。

なるほど、と加門は腑に落ちた。おとなしく言うことを聞かなかった場合には、と代官が考えてきた策に違いない。矛先《ほこさき》を御公儀からかわすつもりなのだろう。が、本当に増助郷を願い出た者がいるのか……。

考え込む加門の耳に、声が届いた。

「さあ、みんな、足を止めるな、深谷に行くぞ」

おう、と行列は動き出した。

深谷宿の街道を埋め尽くし、人々は止まった。

「みんな、ここで少し休むぞ」

それをうしろへと伝えていくと、行列はばらけだした。

道からあふれた人々が、町の外へと出て行く。

竹筒《たけづつ》の水を飲む者、そこに水を足す者、座って笠を脱ぐ者など、さまざまに休みはじめる。

やがて、そこに伝達が来た。

「今日はここで泊まりだ」

加門はそっと先頭へと近寄った。

三郎左衛門のまわりに、数人の男が集まっている。杢太郎や兵内の姿もあった。が、中島利兵衛の姿はない。一度も見かけていないことを考えると、参加していないのかもしれないな……。

皆が話し合うなか、一人の男が走って来た。

息を整えながら、皆に告げる。

「問屋に行って来ただ。御代官様の手付は出てくんだが、また、おんなじだった。増助郷を願い出たもんの名めえは、今、調べて集めているとこだから待て、と言うばかりだ」

「ふうん」三郎左衛門が腕を組む。

「時を稼ごうという気だべ。けんど、増助郷を願い出た名主がいるってのは、おらも耳にしたことがあるだ。御代官なら知っているだろうから、そいつは教えてもらいてえ。それも訴状に加えて、御公儀に訴え出たほうがいいだ」

「んだな」兵内も頷く。

「放っておけば、この先もまたおんなじことが起きんだろうからな」

ああ、と皆が頷き合った。

そうしているところに、新たな百姓らがやって来る。

「おれらも入れてくれ」

街道の外から、続々と簑笠姿が集まって来ていた。

「深谷の周りはいくつの村が、増助郷を課せられただ」

三郎左衛門の問いに、やって来た百姓が答える。

「百八十八の村だ。それぞれの村から来てっから、八千人を超えるだよ」

「そうか、よし、ともに江戸に行くだ」

杢太郎が皺だらけの顔で頷いた。

そのまま引き留めは続き、二十五日。

二人の役人が深谷宿に現れた。

「頭目《とうもく》は誰か」

「へい」

三郎左衛門が進み出ると、役人の一人がその前に立った。

「わたしは御公儀、評定所《ひょうじょうしょ》から参った倉橋与四郎《くらはしよしろう》と申す。増助郷のこと、免除いただけるよう、わたしも取り計らおう。だが、今は暮れも迫っての時期、年明けには沙汰《さた》をいたすゆえ、ここで引くように」

三郎左衛門のうしろに大勢が集まって来る。

「年明けなんぞと言われたら、信用ならねえ」

「そうだ、今、ここで免除を約束してもらわねば、引くわけにはいかねえ」

「おう」

口々に言い、倉橋に迫るように詰め寄って行く。

手にした鎌を振り上げ、鍬を高く掲げる者もあった。

加門は脇に退いて、そのようすを眺めた。

「評定所ってのはなんだべ」

横からささやきが聞こえる。

「さあな、あの役人、信用できねえだな」

街道の外に散っていた者らも集まって来た。

口々の怒声は、もはやなにを言っているのか聞き取れない。

「お、追って、沙汰をいたす」

倉橋はそう言うと、背を向けて小走りになった。もう一人も慌ててあとを追う。

身の危険を感じたな……。加門は去って行くうしろ姿を見つめて、息を吐いた。

しばらくすると、三郎左衛門の元に男が走って来た。

手にした書き付けを渡すと、数人がそれを覗き込んだ。

加門はそっと近づいて行く。増助郷を願い出た者らの名に違いない。評定所の役人が説き伏せることができなかったのを見て、代官も腹を括《くく》ったのだろう。

「名主が十数人もいるだぞ」

「見ろ、この名主、熊谷宿《くまがいじゅく》だ」

顔を歪めて、皆が名前を読む。

やがて、三郎左衛門が手を振り上げた。

「皆の衆、出立するぞ。次は熊谷宿だ」

おおう、と人々が動き出した。

七

熊谷宿に入った一行は、そこで夜を過ごすことになった。

宿場は忍藩《おしはん》の外《はず》れに位置している。

普通の宿場には、身をひさぐ飯盛女《めしもりおんな》がつきものだが、忍藩はそれを認めていないため、熊谷宿はほかに比べてにぎわいが少ない。

ここでもまた、周辺の村々から、百姓衆が加わってきた。

加門と勝馬は行列の先頭から、ゆっくりとうしろまでを歩き、横目で人々の姿を捉《と》らえた。

最後まで行くと、そっと街道から離れた。

人のいない所まで来て、勝馬は小さく振り向いた。

「ざっと十万人でしょうか」

「いや、十万人を超えているな。十数万にもなるかもしれない」

その言葉に、勝馬が息を詰まらせる。

「島原《しまばら》の乱《らん》以来ではないですか、これほどの騒動は」

「うむ、そうなるな」

加門は腕を組むと、じっと地面を見つめた。

寛永《かんえい》十四年から十五年にかけ、島原藩で起きた反乱では、約四万人の民が立ち上がった。公儀から鎮圧《ちんあつ》のための軍が出され、四万人のほとんどが殺された乱だ。

まさしくそれ以来の大騒動だ……。加門は唇を嚙んだ。

うねりのような大行列は、次の鴻巣宿《こうのすじゅく》へと動き出した。

街道筋には、忍藩の役人らが立ち、行列に目を光らせている。

長い行列がまた太鼓を鳴らし、旗を揺らして進んで行く。

が、いつもは先頭に立つ三郎左衛門らが、そこに加わっていなかった。

加門も行列に入るのをやめ、足を止めてようすを窺った。

行列に加わらず、残っている者らがほかにもいた。先頭を歩いて来た者や、いつも大声を上げていた者らだ。

そうした者らが、百人ほどの塊《かたまり》二つに分かれた。それぞれが、進みはじめた行列とは別の方向へ動き出す。

どこへ行くつもりだ……。加門は双方を見て、勝馬にささやいた。

「そなたはあちらについて行け。あとで、問屋の前で落ち合おう」

はい、と勝馬は一方のあとを追った。

加門はもう一方の最後尾に付く。

男らの顔は歩みにつれて険しくなっていく。

それぞれが鍬や鋤などを握り、その手に力が込められていくのが見てとれた。

なにをするつもりだ……。加門はずっと腰に差していた鎌を、手に握った。

目の先に見えて来たのは本陣だ。

あ、と加門は息を呑んだ。

増助郷を願い出た名主のなかに熊谷宿の者がいる、と言っていたのが耳に甦った。

本陣の当主は名主だ。

熊谷宿の本陣名主は確か……。加門は江戸で調べたことを思い出す。そうだ、武井《たけい》新右衛門《しんえもん》だ……。

一行が止まった。

加門は横に逸れて、本陣の門を窺う。

閉ざされた門の前には、忍藩の足軽らが立っている。

一行を見て、足軽は刀を抜いた。

槍《やり》を手にしている者もいる。

足軽達と一揆勢が、向かい合い、睨み合う。

じり、と先に足を踏み出したのは一揆勢のほうだった。

「やるぞ」

声が上がり、「おおう」と怒声が続いた。

叫び声を放ちながら、皆が走り出す。

皆が塊となって、門にぶつかっていく。

脇戸が開いて、中から足軽達が飛び出してくる。

百姓の男らがその脇戸をくぐり、中へと飛び込んだ。

すぐに、門が開いた。

「おおう」

百姓衆がそこになだれ込む。

足を止めた加門に、足軽が駆け寄って来る。

振り上げられた刀を、加門は横へ飛んで躱《かわ》し、身体をまわした。

手にした鎌をくるりとまわし、背で相手の首筋を打ちつけた。

身を折る男の腰を蹴ると、足軽は前のめりに倒れかかる。

素早く横にまわると、加門は右腕を鎌の背で打った。

男の手が、刀を離す。

鎌を捨てて落ちた刀を拾うと、加門は身を翻《ひるがえ》して構えた。背に気配を感じていたためだ。

察していた気配は、目前に迫っていた。

足軽が、刀を振り上げて突進してくる。

目を剝いた男を、加門は正面から見据えた。

「うわああっ」

右だな……。

右から下ろしてきた刃を、加門は身体をまわして躱す。と、手にした刀の峰で、相手の腹を打った。

崩れる身体の背に、さらに一撃を打ち込んだ。

呻き声とともに、男は膝をつく。

先に刀を奪った足軽がこちらを見た。が、うしろへと下がると、背を見せ、本陣の中へと走り込んで行った。

門の内では、怒声が上がり、大きな音が立っている。百姓衆が屋敷を打ち壊しているのが見える。足軽がそこに斬り込んでいく。それを鋤や鍬で迎え撃つ百姓は、怯《ひる》むことなく前へと突進していく。が、斬られ、倒れる男も見えた。

これほどのことになるとは……。加門は手にした刀を捨てると、走り出した。

問屋の前に立つと、加門は辺りを見まわした。

勝馬の姿はない。

どうした、まさか……。加門は手を握る。

本陣の騒ぎがここまで聞こえてくる。

反対側からも、騒動の音が伝わってくる。

目の前を藩士らしい男が走って行った。

そこに、駆けて来る姿が見えた。

勝馬だ。

「けがはないか」

「はい」

息を整えながら、頷く勝馬の顔を、加門は覗き込む。

「そちらの群衆はどこに行ったのだ」

「名主の高橋甚左衛門《たかはしじんざえもん》の屋敷に押しかけ、打ち壊しをしました」

「やはり、そうか。こちらも名主の陣屋を打ち壊した」

「足軽が詰めていて、斬られた百姓もいました」

そうか、加門は顔をしかめ、勝馬の肩をつかんだ。

「そなた、御公儀の手形は持っているな」

は、と勝馬は懐から財布を取り出した。

加門も懐から手形を出すと、問屋に向かって大声を放った。

「誰かあるか」

は、はい、と奥に隠れていたらしい村役人が出て来る。

加門は蓑と笠を捨て、手形を掲げる。

「御用である、馬を二疋、出せ」

「はは、はい」

男が飛び出して馬を引き出した。

「乗れるな」

加門の問いに、勝馬が頷く。

「よし、江戸まで急ぎ戻る」

馬に飛び乗る加門に、勝馬も続く。

「はい」

腹を蹴られた馬が、走り出した。

鴻巣宿、桶川宿、上尾宿《あげおじゅく》、大宮宿《おおみやじゅく》、さらに浦和宿《うらわじゅく》、蕨宿《わらびじゅく》と、宿場ごとに馬を変え、二人は走り続けた。

江戸から数えて一番目の宿場、板橋宿《いたばしじゆく》が見えてくる。

すでに夕空は茜色《あかねいろ》から薄闇へと変わりつつあった。

馬上の加門は、辺りを見まわして首をひねった。人気《ひとけ》がほとんどない。

と、加門は手綱を引いた。

馬の走りをおさえ、駆け足から早足へと変える。

うしろに付いていた勝馬が「あっ」と声を上げた。

板橋宿の門が閉まっている。

宿場の門が閉ざされることは滅多《めった》にない。

「どうっ」

加門はその前で馬を止めた。

馬を下りると、加門は門番へと寄って行った。

「なにゆえに、門を閉ざしている」

「はあ」門番は首をすくめる。

「上州《じょうしゅう》と武州《ぶしゅう》から二十万の一揆勢が攻めてくるというので、門を閉ざすよう命じられたのです」

なんと、加門は声にならないつぶやきを洩らす。が、懐から手形を出し、門番に見せる。

「御用である。馬を通す、門を開けよ」

「は、はい」

番人が門の一方を開ける。

勝馬も馬を下り、二人は門をくぐった。

すぐにまた門を閉めにかかる番人を、加門は振り向いた。

「一揆勢の噂、江戸市中にも伝わっているのか」

「はい、市中の御門も御城の御門も閉ざしているそうです」

加門と勝馬は顔を見合わせた。

馬小屋へと向かいながら、勝馬は、

「江戸まで騒ぎが伝わっていたのですね」

「うむ、お城までとはな」

「また馬を変えますか」

「いや、もう暗い、馬が怖がる。それにいずれにしても今日は登城できぬだろう。歩いて戻ろう」

加門は馬の首を撫でた。

「ご苦労だった」

馬が小さく首を振った。

第五章　上意返し

一

朝、登城した加門は、真っ先に意次の部屋へと向かった。

城にも騒ぎが伝わっていたのなら、意次は泊まり込んでいるはずだ。

「わたしだ、いるか」

おう、と襖が開く。

「戻って来たのか」

うむ、と中へと滑り込んだ。

意次は座る間も惜しむように口を開く。

「いや、代官からつぎつぎに書状が届き、騒動が大きくなっていることは伝わっている。昨夜は評定所の役人からも知らせが届いた」

「ああ、深谷宿で見た。江戸から送ったのか」

「いや、別件で鴻巣宿に行ったというので、急ぎ、遣わしたのだ」

二人はやっと腰を据え、向かい合った。

「順を追って話そう……」

加門は見聞きしたことを、細かに話し出した。

意次の面持ちは、聞くにつけ険しくなっていく。

聞き終わると、深い息を吐いた。

「そうか、そのような大事になったか。途中、代官の書状で一揆になりそうだ、と知らせてきたゆえ、こたびの増助郷は取りやめにしたらどうか、という意見も出たのだ。だが、一度《ひとたび》、御上意として出したお触れを翻《ひるがえ》せば徳川の御威光に傷が付く、と言われる方もいてな、決めることができなかった」

「ふむ、それはいかにも出そうな意見だ。百姓衆の反抗に屈せば、この先、支配しにくくなる、という考えもあるだろう」

「そうなのだ、だが、こうなれば御威光どころではない。二十万もの一揆勢が江戸に押しかければ、まさに御威光など消し飛んでしまう。二十万と言えば、天草の乱を遙かに超える。しかし……」意次は眉を寄せた。

「二十万というのは真《まこと》なのか」

む、と加門も眉を寄せた。

「二十万はさすがに尾鰭《おひれ》がついた数だ。が、十万は大げさではない。今頃はさらに増えているかもしれん」

「なんと……」

眉間に皺を刻む意次に、加門は目顔で頷いた。

「一揆勢の話が広まり、遠くからも百姓衆が駆けつけているのだ」

「これは……早急に手を打たねば」意次は立ち上がった。

「老中方に報告して、話し合いをしていただこう」

出て行く意次に、加門も続いて廊下に出る。

足早に行く意次を見送りながら、加門はやっと肩の力を抜いた。が、いや、まだだ、と首を振る。まだ騒動は治まっていない……。

加門は拳を握り、御庭番の詰所へと行った。

襖を開けると、あ、と勝馬が振り返った。

腰を浮かせたまま、地図を広げて見ている。

加門はすぐに察し、近寄ってささやく。

「尻が痛いのだろう」

「あ、はい」

苦笑するに勝馬に、加門も同じ顔になった。

「安心しろ、わたしもだ。久しぶりに長く馬に乗ったゆえ、尻がヒリヒリする。今日はもう帰って休め。わたしもそうする」

「よいのですか」

「ああ、これから、老中方の話し合いがはじまる。意見がまとまるまでは時がかかるはずだ。わたしは夕刻、またここに戻る。だが、明日、また中山道に戻るぞ」

「やはり、ですか」

「うむ、この先、どのようになるか、まだわからないからな。だが、今度は前とは姿を変える、よいか……」

加門は勝馬の耳に顔を近づけた。

御庭番御用屋敷。

陽射しの入る部屋で、加門は目を閉じて大の字になっていた。

「まあ、どうなさったのです」

入って来た千秋が、傍らに駆け寄る。

「ああ、休んでいるのだ」目を開けて、加門は微笑んだ。

「昔、医学所で阿部将翁先生に教わったことを思い出していた。人は陰陽の調和が大事であり、それが偏《かたよ》ると病になりやすい、とな。御用のあいだ、気を張り詰めていたから、今、弛めているのだ」

「まあ、そうでしたか」妻も微笑む。

「気を張るのが陽、力を抜いて休むのが陰、ということですね。なれば、ゆっくりとお休みなさいませ」

うむ、と加門は伸びをする。と、その腕を曲げて、耳をかいた。

「あら、耳がかゆいのですか」

「ああ、むずむずする。行っていた先は、風の強い地だったから、砂ぼこりが耳に入ったのだろう」

「まあ、それなら」と、千秋は棚から小箱を持って来た。

「耳かきをいたしましょう、さ、ここへ」

正座をした膝を叩く。

「あぁ、なんだ子供でもあるまいに」

苦笑する加門に、千秋はにっこりと笑む。

「せっかく力を抜いているのですから、気持ちを子供に戻してもよいではありませんか。手足だけでなく、気持ちも弛ませたほうが、教えにかないましょう」

「む、それもそうか」

加門は上体を起こすと近寄り、妻の膝枕に頭を委《ゆだ》ねた。

細い竹の耳かきが、そっと入れられる。

「まあ、本当に砂ぼこりが」

懐紙《かいし》に取って、千秋が驚く。

「そうだろう」

加門は目を閉じて微笑んだ。その息が、寝息に変わっていった。


夕刻。

再び登城した加門は、勝手に意次の部屋に入り、戻りを待った。

いつもであれば下城する者が多く、静かになる刻限だが、騒動のせいだろう、行き交う人々の足音が聞こえてくる。

耳を澄ませていた加門は、つっと立ち上がった。

襖を開け、立つと、

「おう、来てたのか」

戻って来た意次が向き合い、目を見開いた。

「すまん、勝手に入っていた」

「いや、かまわん。使いを出そうと思っていたところだ」

向かい合って座ると、意次はふうと息を吐いた。

「あらかた話は決まった。増助郷は差し止め、だ」

「そうか、それはよかった」

「うむ、こうなれば、もう選びようがない。十万以上もの一揆勢が江戸になだれ込みでもしたら、御公儀の威信は揺らぐ。そうなれば、もともと叛意《はんい》を抱いていた者らが活気づくであろう。事態はさらに悪くなる」

「ああ、それが一番の懸念だ。大きな乱は徳川家の土台を揺るがしかねない。では、増助郷取り消しのお触れを出すのか」

「うむ、伊奈郡代を遣わそう、ということになった。松平様は伊奈殿と近しいゆえ、明日、呼び出すそうだ。お触れ状も作らねばならん」

「伊奈郡代が直々に伝えれば、百姓衆は信用する。それはいい」

中山道において、代官も評定所の役人も信じなかった人々のことを思い出す。

「では」加門は拳を握った。

「わたしは明日、また中山道に戻る」

「戻る……」

「ああ、郡代のお触れで百姓衆がどう出るか、見極めねばならん。それで治まればなによりだが」

「ふむ、そうさな、そなたの目で見てきてくれれば、安心だ。だが、気をつけろよ」

「ああ」加門は立ち上がる。

「行って来る」

加門は目だけに笑みを浮かべて、意次に頷く。

見上げた意次も、深く頷き返した。

二

朝、まだ明け切らない中山道を、加門と勝馬は北へ向かって歩く。

羽織袴の侍姿だ。が、腰は二本差しではなく、脇差しだけだ。そして、背中には、前よりも大きな荷物を負っている。

羽織を風で翻しながら、加門は勝馬の横顔を見た。

「荷物が重いだろう、すまぬな」

「いえ」前を見たまま、勝馬は首を振る。

「大丈夫です。わたしは大して役に立たないのですから、なんでも言いつけてください。荷を負うことなど、なんでもありません」

道の先に板橋宿が見えてくる。

やはり門の戸は閉ざされたままだ。

加門は馬小屋へと近寄って行く。

「一昨日、我らが蕨宿から乗ってきた馬はまだいるか」

は、と目をこすりながら奥から出て来た番人が、二人を見る。姿が違うために、首をひねりつつも、手形を見せると「ああ」と頷いた。

「へい、馬はまだいます」

「よし、ではついでだ、蕨宿に返そう、馬を出してくれ」

番人は「お待ちを」と、小屋の中へと走る。

引き出された二頭の馬にそれぞれが跨がると、加門は声を上げた。

「門を開けよ」

戸がゆっくりと開けられた。

蕨宿の街道で、加門は息を呑んだ。

簑笠の百姓らが、そこにいた。朝の陽射しのなか、起き出して菰を丸めたりしている。旅籠の軒下や店の裏から、つぎつぎに出て来る。

馬を問屋に返し、加門らは街道を歩きながら人々を横目で見た。

「もうここまで来ていたんですね」

勝馬が驚きの目を動かした。

「うむ、先頭の者らであろう」

加門がささやく。

数はそれほど多くない。熊谷宿の打ち壊しに加わらなかった者らが、進んで来たのだろう。あるいは、大宮宿やこの近在から集まった者らかもしれない。

やがて、蕨宿を抜けた。街道には、やはり百姓衆がおり、ずっと先まで人の姿が見える。が、歩き出そうとはしない。

そうか、やって来る一行を待っているのかもしれない……。加門は見まわしながら、思った。指揮を執っていた名主や惣代らの姿は見えない。おそらく、もっと後方にいるのだろう……。

「よし、このまま桶川宿まで参ろう」

大宮宿を経て上尾宿に入り、さらに街道を進む。道には、やはり一揆勢の姿があるが、こちらも多くが道端で休み、進む気配はない。

西の空が茜色に染まった頃、二人の目の先に桶川の宿場町が見えて来た。

手前の街道脇には、多くの百姓衆が腰を下ろしている。

冬の田で、火を焚いて囲んでいる者らもあちらこちらに見える。

町に入ると、さらに蓑笠姿が増えた。道の終わりにまで人々が見える。街道のさらに先にまで、続いていそうだ。

辺りに目を配りながら歩いていた加門は、寺の前で足を止めた。

境内《けいだい》で多くの百姓衆が、休んでいる。

加門は「行くぞ」と勝馬に目配せをして、その中に入って行った。

袖が切れ、血がにじんだ腕が見える男に近寄ると、加門は腰をかがめた。

「けがをしているな、見せてみろ」

皆の目が集まった。顔をしかめた者もあり、置いた鋤を握った者もある。

加門は穏やかに微笑んだ。

「わたしは医者だ、安心しろ」

ざわめきが広がる。が、皆の顔は硬い。

加門は、あ、と気がつき、

「金はいらん、この弟子の修業のためだ」

と、うしろに付く勝馬を手で指した。

百姓衆の面持ちがたちまちに弛む。

「では」と、荷物を下ろした加門に、けがをしている男は腕を差し出した。

刀で斬られた傷であることがひと目でわかる。が、簑を着けていたせいか、深い傷ではない。

荷を解き、薬箱を取り出した。刀傷はつけられてすぐであれば縫うことができるが、日が経って腫《は》れてしまうと、もう縫うことはできない。

加門は徳利《とつくり》を取り出すと、中の焼酎を口に含み、傷に吹き付けた。

「うっ」

しみたらしく、百姓は顔を歪める。

「我慢なさい、膿《う》まないようにするためだ」

加門はさらに軟膏《なんこう》を塗っていく。その上から晒《さらし》を巻くと、加門は男を見た。

「もう一枚、晒を置いていくから、毎日、洗って取り替えなさい。きれいにしておかないと膿む。膿んだ毒が身体の奥に入ると、命取りになるからな」

その言葉に怯《ひる》んだように、

「へ、へい」

男は座り直してかしこまった。

「先生、こっちも診てくんなせえ」

別の男が引っ張ってこられる。額に切り傷があるが、これも笠が刃の勢いを削《そ》いだらしく、それほど深くはない。手当てをはじめると、つぎつぎにけがをした者が集まって来た。勝馬は薬を出したり、晒を広げたりと手伝う。

手を動かしながら、加門は皆に目を向けた。

「打ち壊しがあったそうだな、それでけがを負ったのか」

男達が黙る。加門は目元を弛めて、続けた。

「道々、聞いたのだが、よくない名主がいるそうだな」

「へえ」

いくつもの声が揃った。

一人が膝で進み出る。

「そうなんでさ、聞いてくだせえ、助郷で儲ける名主がいるだ。おらたちが伝馬を出せねえで金で払うと、それを握った名主がそいつを掠《かす》め取るだ」

「掠め取る……しかし、それは代官に納めねばならん金であろう」

「んだ」別の男が進み出る。

「けんど、その金で、駄馬や宿場のごろつきを安く雇うだ。それを伝馬に出せば、金は渡さねえですむ、浮いた金をてめえの懐に入れるんだ。そういうことをする名主が、何人もいるだよ」

「なんと……」

言葉を詰まらせる加門に、横からも男が寄って来た。

「今年初め、朝鮮なんとかで増助郷のお触れが出ただ。そんとき、払いの金の高が増やされたんだ。そうすっと、掠め取る金も増えることになっぺ。それで味をしめたにちげえねえ」

なるほど、と加門は腑に落ちた。そういうからくりだったのか……。

「んだ」前の男が頷く。

「増助郷がまた出されて、もっと高い金を出すことになりゃあ、そいつらの儲けもずっと増えるって寸法だ。だから、わざわざ増助郷を願い出たに決まっとるだ」

「ああ」脇から声が飛んでくる。

「熊谷宿の名主、高橋なんとかってぇやつは、そうやって儲けて、二十万両も貯め込んだって言われてるだ」

高橋甚左衛門は、熊谷宿で起こった二件の打ち壊しの一方だ。

加門は口を結ぶ。そのようなことになっていたのか……。

「おらのほうでもあっただ」うしろから男がやって来た。

「宿場の金貸しもそれに乗っかって、儲けてきたんだ。伝馬を出せねえから、しかたなく金を借りると、高え利息を乗っけて、容赦《ようしゃ》ない取り立てをしやがる。名主様に訴えても、取り合ってくれねえ。あとでわかったことだけんど、金貸しは名主に袖の下を渡してたんだとよ」

「そりゃ、やりそうなことだ」

「ああ、あいつらは裏で手ぇ握ってるだよ」

周りから声が上がった。

「おら達を食いもんにしとる悪い名主は、あっちこっちにいるってことだな」

「おう、増助郷なんぞやったら、やつらの思うつぼだで」

加門は手当てを続けながら、皆の声を聞き続けた。


旅籠に上がり、荷を解いていると、廊下を足音がやって来た。

「医者の先生」

その呼びかけに加門は襖を開ける。やって来たのは、三郎左衛門だった。

「ああ、江戸から来た先生かね」

「うむ、そうだが」

「ちっと来てもらえんかね、けが人がいるだ」

「ふむ、では、案内してくれ」

加門は、しめた、と思いながら、勝馬とともに荷を再び負った。三郎左衛門とは、これまで話しをしたことがない。いい機だ。

付いて行くと、そこは大きな酒屋だった。

「ここの主が、座敷を貸してくれてるだ」

そう言って、裏口から入って行く。

奥の座敷には、十人近くが集まっていた。杢太郎と兵内の姿もある。

「これが肩をけがしちまって」

三郎左衛門が寝ていた若い男を起こす。

片肌を脱がせると、やはり足軽に斬られたらしい刀傷が現れた。

すぐさま手当てをはじめると、皆が遠巻きに見つめた。勝馬もだいぶ馴れ、要領よく手伝いをする。

「よかっただなぁ」

「んだ、ありがてえ」

皆のつぶやきを聞きながら、加門は手当てを終え、向き直った。新しい晒を渡し、これまでと同じ注意をすると、三郎左衛門は頷きながら、巾着《きんちゃく》を取り出した。

「寺にいるもんらも助けてもらったそうで、ありがとさんです」

中から一朱金をつまみ出し、加門の前に置く。

「ああ、いや、礼は無用」

「いんや、大勢、手当てしてもらって足りねえとは思うけんど、納めてくだせえ」

んだ、と皆が頷く。

「ううむ、では、頂戴しよう」

加門はそれをつまみながら、部屋の中に目を配った。火鉢が置かれ、火の上では鉄《てっ》瓶《びん》が湯気を立てている。主の気遣いが感じられた。

そうか、と加門は得心する。この主のように、百姓衆に同情する者らも少なからずいるのだろう。金を出す者もいるかもしれない。ひょっとしたら、名主の中島利兵衛は騒動には加わらず、金を出したとも考えられる……。

加門はその目で兵内を捉える。以前、村で薬売りとして顔を合わせたから、気づかれるかという懸念があったが、そのようすはない。商人のときには高めの声を出すが、今は普段よりも重い声を出しているのも功を奏しているのだろう。

「あのう、先生様」三郎左衛門が膝で寄って来た。

「江戸から来なさったと聞いただが、板橋宿は通りなすったかね」

「ああ、通ってきた」

「なら、門が閉じられてるっつうのは、ほんとかね」

皆の目が集まるなか、加門は頷いた。

「うむ、閉まっていた。皆のことが伝わって、江戸では大きな騒ぎとなっている」

百姓らは顔を見合わせる。

「どうするだ」

「江戸に入ることはできんのか」

「いや、今日はまだ二十八日だ、正月までは間がある」

「んだ、へたに早く入ると、捕まっちまうかもしんねえ」

小声を交わす人々に、加門はずっと推察していたことを口にした。

「正月の登城を狙って直訴をする、という策か」

三郎左衛門が小さく頷く。

「んだ、正月には老中四人がいっぺんにお城に上がるって聞いただ。こっちも四手に分かれて、それぞれに訴状を掲げれば、どれかはうまくいくと考えてるだよ」

「なるほど」

加門は頷き返す。老中は当番制で、普段は交代で登城している。が、正月は全員が揃う。よく考えているな……。

「ほかの街道にまわるか」

男達がまた小声を交わす。

「こっから四手に分かれるっつう手もあるだが」

「どの道を行くだ」

ささやき声の外から、大声が上がった。

「おうい、ここに医者の先生がおっかね」裏口からだ。

「けが人を診てほしいだが」

加門は大声を返した。

「わかった、今、行く」

三

翌朝。

加門と勝馬は、荷を負って旅籠の外へと出た。

続々とけが人が名乗り出て、昨日、手当てのできなかった者も多い。

道を歩き出した加門は、ふと、振り向いた。馬の蹄の音が近づいて来る。

足を止めると、二頭の馬がやって来ていた。人の多さゆえ、ゆっくりと進んでくる。

馬上の二人はいかにも役人らしい風体《ふうてい》だ。

「もし」加門は寄って行った。

「江戸からおいでの役人ですか」

「ふむ、さよう」

上から見下ろした役人は、加門らの姿をまじまじと見て、馬から下りた。

「そのほうらも江戸の者か。いつからここにおる」

加門は間合いを詰めて、相手の耳に顔を寄せた。

「わたしは公儀御庭番宮地加門と申す。御下命を受けて探索をしているところだ」

はっ、と役人は姿勢を改めた。

「これは御無礼を」

腰を折ろうとするのを、手で制す。

「しっ、今は医者だ」

「は」役人は顔を上げた。

「わたしは関東郡代伊奈様の配下、滝村達之助《たきむらたつのすけ》と申す。郡代様の命《めい》でようすを見に参りました」

もう一人の役人も二人のやりとりを怪訝そうに見て、馬から下りた。

滝村は目を動かして辺りを示した。

「浦和宿にも大宮宿にも百姓らが来ていたので、驚きました。が、問い質《ただ》したところ、頭目はいませんでした。宮地様、一揆勢の頭目がどこにいるか、ご存じありませんか。実は……」

さらに声を抑えて、加門の耳にささやく。

「ほう」加門は目を見開いた。

「なれば、案内いたそう。一揆を率いている呼びかけ人らが、集まっている家がある。あちらだ」

歩き出した加門のうしろを、再び馬上に戻った役人二人が付いて行く。

酒屋の前で、加門は小さく指を指した。

頷き、馬を止めた滝村は、深く息を吸い込んだ。その息を、大声とともに吐く。

「皆の者、ようく聞け。我は関東郡代伊奈様配下の者、これから言うことをよく聞くのだ。よいか、大事なことを告げる」

大声に、人が集まってくる。

酒屋から、三郎左衛門らも出て来た。

滝村はぐるりを見渡すと、再び大きく口を開いた。

「のちほど、ここに郡代の伊奈様がお見えになる。皆に、御公儀からのお達しをお告げになるためだ。よいか、皆の者、ここにとどまり、郡代様の到着を待て。決して、動くでないぞ」

百姓衆からどよめきが沸き上がる。

「郡代様だと」

「なんだべ」

「伝馬のお許しか」

強ばっていた面持ちが、明るくなっていく。

「よいな、待つのだぞ」

滝村はそう声を放つと、馬を操《あやつ》り、向きを変えた。

馬上の滝村が加門に、目礼をする。加門もそれに返して、街道を戻っていく二人を見送った。

しばらくすると、桶川宿に人が増えはじめた。

江戸に近いほうからやって来る。上尾宿、大宮宿、浦和宿などにいた百姓衆だ。

そうか、と加門は頷いた。おそらく滝村が、それぞれの宿場で告げたのだろう。桶川宿で郡代様の到着を待て、と。一揆勢を江戸から遠ざけるにもよい手だ……。

集まって来る百姓衆の顔を見ながら、加門はほっと息を吐いた。険しかった皆の面持ちが、少し、和《なご》んで見えた。

桶川宿に続々と人が集まって来た。

加門らも外に立ち、百姓衆に紛れて、江戸へと伸びる街道を眺めていた。

江戸寄りにいる群衆から、ざわめきが伝わって来た。それに続いて、何頭もの馬の蹄の音が聞こえてくる。

「どけどけい」

先を歩く役人の声に従って、人々が道を空ける。

空いた道に、馬に乗る人が現れた。

「郡代様だ」

誰かの声に、皆が駆け寄る。

陣笠を被った伊奈郡代が、それを手で持ち上げて、皆を見渡した。

「我は関東郡代伊奈忠宥である」

わあ、と歓声が上がる。

「静まれい、御公儀よりのお達しを告げに参った」

たちまちに、しんと静まりかえる。百姓衆が唾を呑み込む音が、波のように広がった。見ている加門も、唾を呑む。

郡代は懐から封書を取り出し、皆に下知《げち》と書かれた文字を見せる。ゆっくりと、右から左、背後にまで、それを見せた。

「こたびの増助郷、そのほうらの願いを聞き入れ、差し止めとなった」

一瞬、間があき、それが消えた。

「わあぁっ」

群衆から大歓声が沸き起こる。

皆が飛び跳ね、腕を上げ、人の波が揺れる。

代官の言葉が人から人へ、うしろに伝わってゆく。それとともに、歓声も大きな波のように広がっていった。

「よく聞け」伊奈の声が上がる。

「これにて、ただちに解散し、皆、村に戻るのだ。よいな」

「おおう」

と、笑いにも似た声が沸き上がる。

「やったぞ」

「増助郷は取り消しだ」

「おら達が将軍様に勝ったっつうことだ」

「御上意をひっくり返したぞ」

「これで帰れるだ」

「ああ、帰って正月を迎えられる」

「一揆は終わりだ」

郡代に向けていた身体が、それぞれに向きを変える。塊になっていた群衆がばらけだした。

「はよ、帰るべ、みんな待ってるだ」

「ほうよ、とっとと戻って村のもんらに知らせてやるだ」

「子らが待ってんぞ」

百姓らは、満面の笑顔になって動き出す。

「郡代様、ありがとうごぜえます」

そう頭を下げていく者もいる。

伊奈は百姓らに頷き、馬上から皆の歩き出す背中を見つめた。

群衆はまるで洪水の流れのように、元来た道を戻って行く。

加門はそれを見て、やっと大きく息を吐き出した。

押し寄せるような人の流れは続く。

そこに少しずつ、隙間が生まれ、やがてまばらになっていった。

人が少なくなり、郡代らの馬が動けるようになった。と、配下の滝村が伊奈の横に進み、加門を見てささやきかけた。

伊奈は加門を見ると、馬を下りて近寄って来た。

「宮地加門殿ですな、昨日は滝村が助けていただいたとのこと、かたじけのうございました。礼を申します。いや、実は主殿頭様からも聞いていたのです。御庭番が行っているゆえ、なにかあれば頼れ、と」

「そうでしたか。なに、わたしなどなんの出番もない。伊奈様のご差配、見事でした。百姓衆に慕われているからこそ、の始末です」

「いや」伊奈は苦い顔になる。

「ここまでの騒動にしてしまったのは、わたしの落ち度、と責めを感じています」

「いえ、そうではありますまい」加門は声をひそめた。

「ここだけの話、こたびの増助郷という策が騒動の種になったのです」

伊奈がかすかな苦笑を見せる。

「宮地殿もご苦労でしたな。しかし、これで江戸に戻れる」

加門はしばし、口を結んだ。と、さらに抑えた声で言った。

「わたしはもうしばらく残ります。少し、気になることがあるので、最後の一人が引き上げるのを、確かめてから戻ります」

「そうですか。わたしはこれで帰ります。急ぎ、御公儀にことの仔細《しさい》を報告せねばならぬゆえ」

「ええ、お城ではさぞかし気を揉んでいることでしょうから、こちらは気になさらず、お戻りを」

「かたじけない、では、失礼いたす」

伊奈は一礼をすると、馬に跨がった。

一行が手綱をさばき、江戸に向かって向きを変える。

早足で去って行く一行を、加門はその場で見送った。

四

翌朝、加門と勝馬は街道を北へと進んだ。

昨日、宿場を埋め尽くしていた百姓衆は、すでに町から消えている。が、町を離れると、加門は勝馬を振り返った。

街道から分かれた細い道を、簑笠姿の一群が歩いている。

「見ろ、残っている者らがいる」

加門は指をさした。三百人以上はいそうだ。

「どこへ行くのでしょう」

勝馬が眉を寄せる。

「付いて行ってみよう」

長い間合いを取って、二人は一行のあとを歩く。

道を曲がり、また進み、街道から遠ざかって行く。

その先に、やがて村が見えて来た。

加門と勝馬は、村に近い鎮守《ちんじゅ》の杜に身を隠した。木陰から、そっと村を見つめる。

一群は、門構えのある屋敷へと向かっているのが見てとれた。村で門を構えられるのは、名主だけだ。

「打ち壊しをする気か」

加門は息を呑む。

一群の腕が上がった。手にした鍬や鎌が、陽を受けて光る。

おおうっ、という怒声が上がり、一群は屋敷へとなだれ込んでいった。

怒声と悲鳴、そして物が壊れる大きな音が響き渡る。

「やはり、か」

加門のつぶやきに、勝馬は掠れた声を出す。

「せっかく騒ぎが収まったというのに」

「ああ、だが、この機に名主に思い知らせてやろう、と考えたのだろう」

木々の陰から、二人は見つめる。

やがて、声も音も静かになった。門から一群が出て来ると、来た道を戻って行く。

通り過ぎるのを待って、

「行くぞ」

と、加門は杜から出た。そのまま屋敷へと歩いて行く。

「え、そっちですか」

勝馬も付いて来る。

屋敷の前では、名主一家らしい者らが立ち尽くしていた。

「けがはないか」

加門が入って行くと、おどおどと身を引きながらも、「へえ」と頷いた。

「おら達には手を出さなかっただ」

「そうか、なぜ、打ち壊しに来たか、あの者らは言ったか」

白髪混じりの名主が頷く。

「うちは一揆の呼びかけに応じなかったで、それを怒ってのことだ」

横の女房が歪めた顔で屋敷を見る。

「だからって、こんなに……」

しがみついていた孫らしい子供が、突然、泣き出した。

「ああ、ああ、怖かったな、もう、大丈夫だ」

その子を抱きしめ、女房も泣き顔になった。

名主は首を振った。

「うちは一揆に加わらなかっただけだから、これですんだんだ。増助郷を願い出た名主はこんなんじゃすまさねえ、って言ってたからな」

加門は振り返る。

一群は来た道を途中で曲がって行く。

まだ続けるつもりだな……。


明けて明和二年、元旦。

打ち壊しは続いた。

村から村へと、一群は移って行く。話はすぐに広がり、それを加門らは追った。

二日。一群は川越藩《かわごえはん》近くの村へと向かった。

道端に村人が集まり、通り過ぎて行った一群を見送っている。

加門はその人々に寄って行った。

「あの者ら、どこへ行くか言っていたか」

「へえ、平塚村《ひらつかむら》の場所を聞かれただ」

一人が答えると、もう一人が続けた。

「あそこの名主の弥惣治《やそうじ》は、増助郷を願い出たってえ噂だ」

「ああ、あんなやつ、打ち壊しされて思い知ればいいだ」

皆が頷き合う。

行こう、と加門は勝馬に目配せし、歩き出した。

しばらくすると、大声と物音が聞こえてきた。

「こうなると、止めようがないな」

加門は立ち止まった。

屋敷を遠巻きに眺める。

「長年の不満が一気に出たんでしょうね」

勝馬も呆然《ぼうぜん》として見る。

怒声と物音は高まり、それがだんだんと低くなっていく。

やがて、騒動は鎮《しず》まり、一群が門から出て来た。

「次は川越宿の問屋だ、あっこの名主も増助郷を願い出たやつだ」

先頭の声に、一群は城下町へと続く道を進んで行く。

加門らは離れてあとを付けた。

城下町の入り口が見えて来た。が、一群の足が止まった。

道を塞《ふさ》ぐように、足軽がずらりと並んでいる。

足軽の中には、すでに抜き身の刀を握っている者もある。

百姓衆も、鋤や鍬を構えた。

加門は思わず一群に走り寄ると、声を上げた。

「よせ、また斬られるぞ、ここは引け」

百姓らがこちらを見る。

「なんだ、先生じゃねえか」

知った顔もあった。

「せっかく御公儀と折り合いが付いたんだ、もうやめておけ」

加門は前へと走る。

三郎左衛門がそこにいた。

「や、先生でねえか、なんでここにいるんだ」

「打ち壊しの話を聞いて来たのだ。また、けがをするぞ、もうよせ」

「いんや」三郎左衛門は顔を振る、

「止めねえでくれ。ここで始末をつけねえと、悪党の名主は減らねえだ」

三郎左衛門は皆を振り返った。

「さあ、みんな、行くぞ」

おう、と百姓衆は手にした鋤や鎌を上げる。

そこに向かって、足軽が先に走り出した。

たちまちに怒声が上がり、乱闘になる。

加門の頭上にも刀が振りかざされた。

脇差しを抜いて、それを弾く。

身を伏せ、横から来る刃も躱す。

「やってしまえ」

足軽側から声が上がった。

「みんな、怖《お》じけるでねえ」

百姓衆の声も沸く。

刀と農具がぶつかり合い、音が重なり、響き渡る。

「いやぁ」

加門の正面から、刃が突進して来る。その刃を横に躱し、加門は相手の腕を斬った。

目の前で鎌の刃が光った。

怒りを湛えた百姓が、加門の頭を狙う。

しまった……。加門は相手の腹を蹴った。

身を崩したところを、峰で腕を打つ。

まずいな、と加門は舌打ちをした。武士の姿であるため、百姓側から敵と見られているのだ。

「加門様」

袖が引っ張られた。

「外へ」

勝馬が身を伏せながら、加門を引っ張っていく。

乱闘のなかをくぐり、なんとか外へと身を逃す。

「無茶ですよ」

勝馬が険しい顔で、なおも加門の腕を引き続けた。

騒動の場を離れ、加門はやっと息を整えた。

「ああ、すまん、つい、な」

乱闘は続いている。

そのなかから、引き出される者が出はじめた。

縄をかけられた百姓が、つぎつぎに引きずり出されていく。
七、八十人が、縄につながれていった。足軽には、援軍が駆けつけて来た。とても城下町に入れるようすではない。
百姓勢が引いた。

「引き上げんぞ」

来た道を、戻り出す。

町へと続く道が、やっと見えて来た。

「今日はここで泊まろう」

加門は、城下町へと歩き出した。

翌日。

川越宿で夜を過ごした二人は、町へと出た。

町では道行く人々が、昨日の騒ぎの話をしている。

「百姓が大勢、捕まったらしいぞ」

「牢屋に入れられたそうだ」

ひそめた声を交わし合う。

「名主らはとっとと逃げ出したってえ話だ」

「ああ、普段、悪いことしてっから、怖くなったんだろう」

加門は立ち話をする男らに近寄った。

「たいそうな騒ぎだったようだな。百姓衆は町には来なかったのか」

「へえ」一人がこちらを見た。

「町の外にいたそうだが、夜明けに発ったそうで」

「熊谷宿のほうへ向かったって、誰か言ってましたがね」

男が指でそちらを示す。

そうか、と加門は熊谷宿の方角に目を向けた。

「明日、熊谷宿へ行こう」

五

一月四日。

熊谷宿に着くと、宿場町はなにやら張りつめていた。が、百姓らはまだ着いていないらしく、姿はない。

不穏な気配は、道の真ん中を肩を揺すって歩く男達のせいだった。はだけた胸に手を入れ、周囲を睨みながら歩いている。顔に傷のある者、首や腕に入れ墨が見える者もいる。町人らは男らを避け、目を逸らして通り過ぎていた。見ないふうを装う、町人らの顔が、強張っている。

「なんなんでしょう、あの男達は」

立ち止まって見る勝馬のつぶやきに、加門は顔をしかめた。

「ごろつきだ。遊び人や博徒《ばくと》といった男達だ。どこの宿場にもいるものだが、ずいぶん数が多いな」

ささやきながら佇む二人に「へへ、どうも」といきなり横から声が寄って来た。

「だんながた、泊まりならうちにどうぞ、お安くしときますよ」

旅籠の客引きらしい。

「ふむ、案内してもらおうか、だが、その前に」加門はごろつきを目で示す。

「ずいぶんと柄《がら》の悪い者が増えたようだが」

「ああ、あれね」客引きは肩をすくめる。

「名主の高橋甚左衛門が集めてるだよ、打ち壊しで狙われてるっつうことで、備えてるだ。用心棒ってぇやつだな。深谷やほかの宿場からも来てるだ」

加門と勝馬は目を合わせた。高橋甚左衛門は打ち壊しのさい、勝馬が付いて行ったほうの名主だ。勝馬は思わず口を開く。

「だが、前にも打ち壊しにあったはずだろう」

「へい、ちっと前にね。けんども、前は屋敷はやらずじまいだっただよ。だから、今度は、とことんやるだろうって、みんな、噂しているだ。これまでにもあっちこっちの名主がやられたで、また来ると用心しとるんだろ。まあ、あの名主はやられてもしようがあんめえ」

歪んだ笑いを見せる客引きに、加門は問うた。

「高橋甚左衛門はそれほど評判が悪いのか」

「んだ、なにしろ、増助郷を願い出るのに、ほかの名主らを焚きつけたお人だで。百姓衆はけりをつけねば、気がすまねえだろなぁ。名主のほうも、それがわかってっから、ああやってごろつきを集めて、百姓を逆にやっつけようって寸法なんだろうさ。ああ、けんど、うちの宿は名主の屋敷から離れてるんで、心配はいらねえ、さ、来ておくんなせえ」

歩き出す客引きについて、二人は旅籠へと向かった。

翌日。

朝餉を終えた二人に、外から騒がしい気配が伝わって来た。

窓から覗くと、道を人々が走っていく。

「一揆勢が来たぞ」

「名主んちへ向かってるぞ」

屋敷のほうへ行く者、逃げてくる者とがすれ違う。

加門と勝馬は、行く者に混じって屋敷へと向かった。

「今度は近づいてはだめですよ」

勝馬の言葉に、加門は苦笑する。

「わかっている、見届けるだけだ」

屋敷が見える場所で、二人は立ち止まった。

すでに一揆勢がなだれ込んでおり、大声と物音が響き渡っている。

用心棒らが短刀や脇差しを容赦なく振りまわしているのが見える。

百姓らも農具で応戦し、互いの乱闘は激していく。

倒れて動かなくなる者もいる。

男らも百姓も、つぎつぎに倒れていく。

加門は思わず目をそむけた。と、少し離れた所に男らが立って、同じように見ているのに気がついた。役人らしい姿は、代官所の者だろう。人数が多すぎて、介入するのをあきらめているように見える。

屋敷から争う者らが出て来て、外にも乱闘が広がっていく。

野原を転がり、近くにある池に落ちていく者もあり、しぶきが上がる。

「むごいな」

顔をしかめながらも、加門は見つめた。

勝馬も黙って、傍らに佇んでいた。

夕刻。

騒動は鎮まった。

百姓らは、屋敷を背に去って行く。

そのあとに近寄ってみると、野原には息絶えた者がそのままに放置されていた。雇われた男達も百姓らも、重なり合って区別がない。池にもそれぞれの身体が浮かび、流れ出た血が水を赤く濁らせていた。

屋敷を離れ、街道へと戻ると、長い塀の内から人の声が聞こえてきた。寺だ。境内を覗くと、多くの百姓が座り込んでいた。けがをして、呻き声を上げている者もある。

「薬を持ってこよう」

加門は勝馬を促す。

「え、しかし、これほどの打ち壊しをすれば、百姓らは罪人ですよ。罪人を助けるのは……」

「罪人かどうかはお裁きが決めること、我らの役目ではない。手当てするくらいかまわん、薬も晒もあるのだ。荷を軽くして帰ろう」

それもそうか、と勝馬はつぶやき、加門に続いた。

三日間、二人はそこで手当てを続けた。

百姓衆は落ち着きを取り戻していた。

「あらかたの悪党はやっつけた、もう、これでおしめえだ」

三郎左衛門は、自身も斬られた腕の手当てを受けながら、晴れ晴れとした顔で言った。

薬はほとんど使い、晒もなくなりかけていた。

「おうい」

そこに、外から一人の百姓が駆け込んで来た。両腕を振って、皆のあいだを走る。

「知らせだ、川越で捕らわれたもんらが、解き放たれたぞ」

「なんだ、ほんとか」

皆が立ち上がる。

「んだ、川越の家老が江戸のお殿様にお伺いを立てたんだと、したら、お咎《とが》めなしで、すぐに解き放て、と命《めい》が返ってきたってことだ」

「そうだか」

「そりゃ、よかった」

「ああ、みんな、牢から出されて中山道に向かうってこったから、途中で落ち合って戻ればいいだ」

「おう、そうすんべ」

皆が身支度をはじめる。

そうか、と加門は得心した。事をできるだけ大きくしたくない、という御公儀の意向をくみ取ってのことだろう……。

「医者の先生」

三郎左衛門が加門の前に立ち、深々と頭を下げた。

「ありがとさんでした」

黙って首を振る加門の横で、勝馬が進み出た。

「いや、わたしの修業のためですから」

三郎左衛門は半分、笑顔になった。

「ほんとのことはわかんねえけど、そういうことでいいんなら、こっちもそれで納めさせてもらうだ」

「それでけっこう」加門も笑みを浮かべた。

「では、わたしらも戻ろう」

勝馬に言うと、軽くなった荷物を背に負った。

二人は中山道を歩き出す。

「最後まで見届けることができたな」

加門はつぶやくと、江戸につながる空を見上げた。

浦和宿を出て、板橋宿へと進む。

その道で、二人は脇に逸れて止まった。前から、大勢の男達がやって来るのが見えたからだ。

腰に縄を下げた者、十手を差した者、長い棒を抱えた者らが、整然と歩んで行く。役人だ。

打ち壊しの知らせが代官から届き、捕まえるための役人が、遣わされたに違いない。

まだ終わりではない、か……。加門は道を譲りながら、江戸へと歩き出した。

六

江戸城、中奥。

加門から話を聞き終わった意次は、「そうか」と息を吐いた。

「ご苦労だったな、そなたらが無事なのはなによりだ」

「街道で役人らとすれ違ったが、頭目を捕らえに行ったのだろうな」

「ああ、御公儀としては、できるだけ事を大きくしたくないのだが、けじめをつけねばならんからな。すでに伝馬騒動として、関東では知れ渡ってしまったし、今後のことを考えれば、見せしめもやむを得ず、ということになろう」

「伝馬騒動か」

加門は天井を見上げた。百姓衆の顔が思い出される。

「そういえば」意次が声音を変えた。

「そなたの留守中に、一橋家の宗尹様が亡くなったのだ」

「え、宗尹様が……それほどのお歳ではなかったろうに」

「うむ、四十四歳であった。が、菓子作りがお好きだったし、養生はなさっておられなかったのだろう」

「そうか、菓子の食い過ぎは身体によくないからな。では、治済《はるさだ》様があとを継がれたのか。元服したのは三年前だったろう」

「うむ、意誠の話によると、治済様はずいぶんと聡明であられるということだ。一橋家の当主として、周りからも期待されているらしい」

ほう、と加門は以前見かけた治済の顔を思い出す。まだ少年であったにもかかわらず、大人びた目をしていたのが心に残っている。

「世は変わっていくな」

加門のつぶやきに、意次は真顔になった。

「ああ、変わる。ゆえに、よく変えねばならん」

そのきっぱりとした物言いに、加門は、

「そうか、そうだな」

微笑んで頷いた。


一月下旬。

御庭番の詰所で、

「伝馬騒動の頭目が江戸に移送されてくるらしいぞ」

仲間が加門に告げた。

「そうか、では見てくる」

城を出て、加門は小伝馬町《こでんまちょう》に続く道に立った。運ばれてきた罪人は、そのまま牢屋敷に入れられるはずだ。

佇んでいると、やがて一行がやって来た。

先導する役人に続いて、罪人を入れる唐丸駕籠《とうまるかご》が見えた。

竹で粗《あら》く編んだ駕籠は、中の者がよく見える。

うしろ手で縛られた男がそこにいた。

三郎左衛門だ、と加門は唾を呑む。

それに続く駕籠には、杢太郎の姿があった。

加門は十条河原の光景を思い出した。三郎左衛門も杢太郎も自ら名を名乗り、皆の前で一揆を呼びかけていた。群衆に潜り込んでいた代官の手代が、それを覚えていないはずがない。

さらに駕籠が続く。中の男は三郎左衛門らとともにいた男だ。

物見に集まってきた人々が、首を伸ばす。

「へえ、堂々としたもんじゃねえか」

駕籠の中の男達は、皆、胸を張って顔を上げていた。

「見ろよ、あんな爺さんなのに、背中を伸ばして」

杢太郎の姿を皆の目が追う。

数台の駕籠が続いて来るのに、加門も首を伸ばす。

通り過ぎて行く駕籠の男らには、皆、見覚えがあった。三郎左衛門らとともに、打ち壊しを行っていた男達だ。が、兵内の姿はない。

兵内は捕まらなかったのだな……。加門は胸中でつぶやく。天狗触れに関しては疑いでしかないし、打ち壊しには参加をしていなかった。役人は兵内にはたどり着かなかったのだろう……。

一行は牢屋敷の中へと入って行った。


二月下旬。

加門は郡代屋敷へと出向いた。

伊奈様にお目通りを、と名乗ると、さして待たされることもなく奥に通された。

「これは、ご無沙汰をしました」伊奈はかしこまって礼をする。

「して、今日は御用ですかな」

「ああ、いや、御用ではなく、わたしが勝手に参ったのです。伝馬騒動のその後が気になりまして、ご迷惑を顧《かえり》みず……恐縮なのですが」

「そうでしたか、いや、迷惑などではありません。実は、わたしも話の通じ合うお方と語りたいと思うていたのです」

その顔が歪んだのを、加門は見逃さなかった。

「なにか、ありましたか」

はあ、と伊奈はさらに顔をしかめ、それを上げた。

「実は、三郎左衛門と杢太郎が牢死《ろうし》をしまして」

「牢死……」

加門は息を呑みつつ、またか、と目を閉じた。

以前、奥美濃郡上《おくみのぐじょう》の百姓衆が一揆を起こしたさい、やはり牢屋敷に入れられた者が少なからず牢死したことを思い出していた。

「拷問《ごうもん》を受けたのですね」

加門の言葉に、伊奈は頷いた。

「御公儀の重臣は、百姓を操った黒幕がいるのではないか、と疑っているのです」

「山県大弐のことですね。ですが、わたしが探った限り、その影は見えませんでした。こたびの騒動は、百姓衆自らの意思で起こしたことでしょう。それは、お城でも報告したのですが」

「はい、聞いております。わたしも調べましたが、山県大弐が介入していた証はありませんでした。それも申し上げたのですが、城中は納得しないのです」

加門は大きく溜息を吐いた。

「武家は、百姓を見下《みくだ》していますからね」

「さよう」伊奈が声を高め、身を乗り出した。

「百姓衆は自ら考えることなどできない、と思い込んでいるのです。しかし、そういう武士は、おそらく百姓と口をきいたこともないはず。百姓らと話しをすれば、それぞれに考えがあり、仁《じん》にも篤《あつ》い、と知ることができるはずなのです」

「ああ、はい、わかります。武家は百姓と交わったこともないのに、なにも知らず考えもない者共、と決めつけているのです。いや……」加門は顔をしかめた。

「恥ずべきことですが、以前はわたしもそうでした。郡上の百姓衆と接して、その教養の高さと気概……品格とも呼べるものに驚いたのです」

「ええ、宮地殿は郡上一揆の探索に当たったと聞いて、ぜひ、話をしたいと思うたのです。ああ、やっと通じ合えるお人と話すことができた」

伊奈が苦みを含んだ笑顔になると、加門も面持ちを弛めた。

「わたしもそうです、それゆえ、こうして押しかけてしまったようなもの。城中で話してもわかる人はあまりいません。百姓衆と直にかかわらなければ、凝《こ》り固まった考えを捨てられないのでしょう」

「そのとおり。それゆえに、お城の重臣方はこたびの百姓衆も操られたに違いない、と決めつけたのです。で、それを白状せよ、と拷問し……」

伊奈は言葉を詰まらせた。

二人は歪んだ目で頷き合う。

伊奈は天井を見上げた。

「郡代として、力が及ばなかったこたびのこと、恥じ入るばかりです」

加門は首を振る。

「いや、伊奈様が見えたときの百姓衆の喜びよう、わたしは感じ入りました。伊奈様だからこそ、収めることができたのです」

ふっと、伊奈の目が弛む。

「そう言っていただけると、少し、気が楽になります」

「して、ほかの者らはどうなるのですか」

「ああ、はい」伊奈が真顔になる。

「名主が一人、捕らえられたのですが、遠島に決まりました。ほかの者らは追放、ということになります」

「そうですか、厳しいお沙汰でなかったのがせめてもの幸い」

いえ、と伊奈は再び顔を歪めた。

「これで終わりとはなりません。頭目二人が死んでしまったため、別の者が捕らえられるでしょう。それに重罪を課さねば、決着しないはず」

「みせしめ、ですか」

伊奈が頷く。

「ですが、しばらくは中断するでしょう。日光社参を控えているために、続きはそれがすんだあとになるはずです」

「ああ、なるほど」

加門は得心する。社参が終わるまでは、静穏を保とうとするはずだ。

加門はゆっくりと腰を上げた。

「いや、お邪魔をしてしまいました」

伊奈は「また、いつでも」と笑みを浮かべた。

郡代屋敷を出た加門は、神田へと足を向けた。人参座を覗くためだ。

田村藍水の姿を見つけ、加門は寄って行く。

藍水もすぐに加門に気づき、「やあ、これは」と笑顔になった。

「久しぶりです」加門も笑顔を返す。

「平賀源内殿はこちらに見えますか」

「源内ですか」藍水は首を振った。

「少し前に、また本庄宿に行きました。あちらには逗留《とうりゅう》させてくれる家もあるとかで。そこから、秩父に行くようです」

「そうですか」

加門はほっとした。なれば、中島利兵衛の屋敷へ行っているはずだ。わたしの出番はないな……。

しばし、藍水と薬の話などを交わし、加門は人参座をあとにした。


御庭番御用屋敷。

外へ出た加門は、おや、と人影に目を留めた。

出入りの大工が、奥の塀のほうへと歩いて行く。その先は大奥の御用屋敷だ。

「留三《とめぞう》さん」

加門は呼び止める。

「おや、これは宮地様」

留三は生真面目な顔で振り向いた。囲い内に入れる者は限られている。大工も出入りはこの留三の一家だけで、ほかの大工は入れない。御庭番の御用屋敷も大奥の御用屋敷も、普請や修理などがあれば、この留三が差配することになっている。

「普請でもあるのか」

加門が目を向けると、留三が持っていた図面を少し上げた。折りたたんであるが大きな図面だ。

「へえ、まあ……ちょいと厄介な仕事が入りまして」

「ほう、図面の大きさからすると、新しい屋敷でも建てると見えるな」

「え、まあ……」留三は苦笑する。

「御庭番の目はごまかせねえや……そうなんでさ、けどその屋敷、京風にしろってんで、困っちまってるんで。なにしろ、京風なんぞ、やったことないもんで」

加門は、はた、と心の内で手を打った。

「高岳様のお屋敷か、それは面倒そうだ」

「そうなんで」留三は苦笑する。

「公家風って言われてもわからねえんで、京から来た大工にいろいろと教わってるんでさ」

「なるほど、手間がかかるな。だが、金を出すのは仙台藩であろう、よい仕事になるのではないか」

ははっ、と留三は笑って頭をかく。

「やっぱし、なにからなにまでお見通しってこってすね。まあ、たいそうな額をちょうだいできるんで、いい仕事っちゃあいい仕事で。あ、これはここだけの話ですぜ」

「ああ、わかっている」加門はしたり顔で頷いた。

「まあ、頑張《がんば》れ」

「へい」

留三は弾む足取りで、塀の向こうへと消えて行った。


田沼家上屋敷。

「仙台藩が大奥に賄《まいない》を差し出した件、相手がわかったぞ」

加門の話に、意次は身を乗り出す。その顔から「ほう」とあきれた声が漏れた。

「なんと、屋敷を建てさせるのか」

「うむ、さすがにそんなものを求められるとは、伊達重村殿も思うていなかったのではないか」

苦笑する加門に、意次も笑いをこぼす。

「ああ、大奥を甘く見ていたな。普段から貢《みつ》ぎ物《もの》慣れしているお人らだから、なにを求めても叶うと思うているのだ」

「だが、それで官位は上がるのか」

「まさか、功労もないのに、賄だけで昇格などさせるものか。重村殿もそれほどの金をばらまくのであれば、日光社参に寄進でもすればよいものを。さすれば、功績として、御公儀も検討したかもしれん」

言いつつ、意次の顔から笑みが消えた。

加門はじっと、その顔を見つめる。

どうかしたか、という加門の目顔を読み取って、意次はふっと息を吐いた。

「いや、その日光社参のことなのだが、困ったことになってな」

「なにかあったのか」

「上様が行かぬ、と仰せなのだ」

は、と加門は身を反らす。

「行かぬ、と、だが、家康公の百五十回忌であろう」

「ああ、だが、お気が進まぬようで、行かぬ、とお心を変えようとしてくださらぬ。もともと外へ出るのがお好きではないゆえ、長い道中を考えて気が重くなられたのかもしれない」

「はあ、なんと……」

「うむ、でな、名代を務めよ、と命じられたのだ」

「名代、そなたがか」

「うむ、それで困っているのだ。わたしごときが名代など、荷が重すぎる」

溜息を吐く意次を、加門はしみじみと見てから、その肩を叩いた。

「名誉なことではないか、将軍の名代を務めるなど滅多にないこと。上様がそなたを信頼している証だ、いや、めでたい」

「ううむ、それはそうなのだが、名誉半分、困った半分、というところだ。老中方を差し置いて、というのが居心地悪くてな」

「なんの、気にすることはない、御上意ではないか」

加門は笑顔になるのを抑えられない。声にも笑いが混じった。

「そうか、いや、それは楽しみだ」

加門の笑いにつられて、意次の面持ちも和んでくる。

「そうか、気にせずともよいか」

「おう、気にするな、立派に名代を務めればいい」

「うむ、そうだな」

意次の目元が笑った。

四月。

日光社参の行列が、大手門《おおてもん》に向かってゆっくりと動きはじめた。

門の外では、見送りの人々が並ぶ。加門もそれに混じって、行列を待ち受けた。

一行が出て来る。

先頭の馬に乗っているのは意次だ。

堂々と前を見据え、手綱を操っている。

加門も思わず胸を張る。

見上げる加門に気づいて、意次は目顔を向けた。

加門が頷く。

意次は目で微笑むと、頷き返した。

行列はゆっくりと濠を渡って行った。

時代小説
二見時代小説文庫

上意返《じょういがえ》し　御庭番《おにわばん》の二代目《にだいめ》12

著者　氷月《ひづき》　葵《あおい》

発行所　株式会社　二見書房
東京都千代田区神田三崎町二―一八―一一
電話　〇三―三五一五―二三一一［営業］
〇三―三五一五―二三一三［編集］
振替　〇〇一七〇―四―二六三九

印刷　株式会社　堀内印刷所
製本　株式会社　村上製本所

ISBN978−4−576−20012−5
https://www.futami.co.jp/

氷月 葵

御庭番の二代目 シリーズ

将軍直属の「御庭番」宮地家の若き二代目加門。
盟友と合力して江戸に降りかかる闇と闘う！

以下続刊

①将軍の跡継ぎ
②藩主の乱
③上様の笠
④首狙い
⑤老中の深謀
⑥御落胤の槍
⑦新しき将軍
⑧十万石の新大名
⑨上に立つ者
⑩上様の大英断
⑪武士の一念
⑫上意返し

婿殿は山同心

完結

①世直し隠し剣
②首吊り志願
③けんか大名

公事宿 裏始末

完結

①公事宿《くじやど》 裏始末 火車廻る
②公事宿 裏始末 気炎立つ
③公事宿 裏始末 濡れ衣奉行
④公事宿 裏始末 孤月の剣
⑤公事宿 裏始末 追っ手討ち

二見時代小説文庫

麻倉一矢

剣客大名 柳生俊平

シリーズ

以下続刊

- ① 剣客大名 柳生俊平 将軍の影目付
- ② 赤鬚の乱
- ③ 海賊大名
- ④ 女弁慶
- ⑤ 象《ぞう》耳《みみ》公方
- ⑥ 御前試合
- ⑦ 将軍の秘姫《ひめ》
- ⑧ 抜け荷大名
- ⑨ 黄金の市
- ⑩ 御三卿の乱
- ⑪ 尾張の虎
- ⑫ 百万石の賭け
- ⑬ 陰富大名
- ⑭ 琉球の舞姫

徳川家御一門である久松松平家の越後高田藩主の十一男は、将軍家剣術指南役の柳生家一万石の第六代藩主となった。伊予小松藩主の一柳頼邦、筑後三池藩主の立花貫長と一万石大名の契りを結んだ柳生俊平は、八代将軍吉宗から影目付を命じられる。実在の大名の痛快な物語！

二見時代小説文庫